맥시멀 라이프가 싫어서

90년생 주부,
미니멀리스트가 되다

맥시멀 라이프가 싫어서

신귀선 지음

산지니

나도 미니멀하게 살아야겠다

주방 서랍을 열었을 때 보이는 작은 나무 포크를 사랑한다. 집에 있는 모든 물건을 사랑한다. 우리 집에서 나의 손길이 닿지 않는 물건은 없다.

신혼 초, 나는 여느 새댁들과 같이 집 꾸미는 것을 좋아하고 예쁜 그릇을 보면 꼭 사야 했으며 831리터의 냉장고를 항상 빵빵하게 채우는, 자칭 맥시멀리스트였다. 꽤 큰 집에서 빈 공간을 찾기 힘들 정도였다. 큰 가구부터 작은 식기들까지 모두 내 취향으로 꾸미며, 로망을 이루어갔다. 사고 싶은 것과 갖고 싶은 것은 왜 그렇게 많은지…. 소중한 우리의 보금자리는 더 많은 물건들로 점점 채워지고 있었다.

그렇게 1년을 살다가 직업 군인인 남편의 전출로 이사를 하게 되었다. 18평의 아담한 관사였다. 신혼집이 컸던 터라 꽉 차 있던 물건을 담기에 이사한 집은 작게 느껴졌다. 하지만, 그때 나는 맥시멀리스트였기에 모든 짐을 끌고 그 아담한 집에 물건을 채워 넣었다. 소중한 방 한 칸은 발 디딜 틈 없는 창고가 되어버렸다. 하지만 6개월만 살 집이라 크게 상관하지 않았다. 시간이 지나고 다음 집으로 이사를 준비할 때였다.

"사장님, 저희 5톤으로 이사 왔었는데요."

"이 짐들 5톤에 절대 못 실어요. 6톤으로 어떻게든 해보죠."

이삿짐센터의 5톤 트럭과 1톤 용달차에 우리 집 짐들은 테트리스 하듯 끼워 넣어졌다. 6개월 만에 짐이 더 늘어난 것이다.

몇 개월 뒤, 눈에 넣어도 아프지 않을 사랑스러운 아이가 찾아왔다. 그리고 육아 1년 차, 우리 집은 더 꽉꽉 채워져 갔다. 국민 아기 체육관, 국민 쏘서, 국민 바운서…. 육아에 찌든 나에게 단 5분, 10분이라도 한숨을 돌리게 한다는 이유로 모두 집에 들였다. 그렇게 국민 육아 아이템들이 거쳐 갈수록 우리 집은 점점 발 디딜 틈 없는 전쟁통이 되었다. 아이를 재우고 거실로 나오면, 부담스러운 장면과 늘 마주했다. 집은 난장판이었으며, 그런 집을 보고 있는 내 정신도 난장판이 되었다. 아이의 장난감이 많으면 많을수록 좋을 것이라는 생각이 잘못된 것임을 알았다. 드디어 맥시멀 라이프를 청산할 때가 온 것이다. 이렇게 나의 '미니멀 라이프'는 아이 덕분에 시작되었다.

나는 살림을 포기할 수 없는 주부이자 육아를 완벽하게 해내고 싶은 엄마이다. 아이가 태어나자 청결에 더욱 신경이 쓰이기 시작했다. 물건이 많을수록 관리하고 청소하는 시간이 많이 걸렸다. 아이와 함께하는 공간은 항상 청결을 유지해야 했고, 남편과 함께하는 공간 역시 단정히 하고 싶었다. 육아 맘들의 로망은 바로 '빠른 육퇴'(아이가 잠들고 육아에서 퇴근한다는 의미)일 것이다. 아이를 재우고 잠들기 전까지 조금이라도 나만의 시간을 갖는 것. 하지만 아이를 재워놓으면 다시 시작된다. 이번엔 밀린 집안일이 기다리고 있다. 집안일은 매번 만족하며 끝나는 법이 없다. 아이러니하게도 해도 해도 끝이 보이지 않는다.

어느 날 저녁, 아이를 재우고 나와서 청소를 하는데 도무지 정리의 끝이 안 보였다. 몸도 마음도 너무 힘든 날이었다. 물건들이 왜 이렇게 많은 건지, 화가 났다. 주부로서 집안일을 포기할 수 없으니 시간을 단축해서 청소를 효율적으로 하는 수밖에 없었다. 아이가 깨어 있는 시간에는 오로지 아이와 시간을 보내며 놀고 싶었고, 집안일도 잘하고 싶었다. 많은 에너지가 낭비되고 있다는 생각에 고민이 시작되었다.

아이와 온전히 더 많은 시간을 보내기 위해 '미니멀 라이프'를 시작하기로 했다.

관리할 수 있는 만큼의 물건들로 현재에 집중하고, 소중하게 여기는 물건들과 함께 살아가는 것이 미니멀 라이프다. 모든 물건에 나의 손길이 닿을 수는 없었다. 그중 꼭 필요한 것도 있었지만 필요하지 않은 것도 많았다. 많은 물건을 짊어질 필요가 없었다. '소유'에도 책임이 필요하다. 내가 책임질 수 있는 만큼만 소유하면 불필요한 에너지를 줄일 수 있고 현재의 삶에 더 집중하게 된다. 엄마가 필요한 아이에게 그 에너지를 더 사용하고 싶었다.

관리가 되지 않던 아이의 장난감을 비우기 시작했고, '나중에 쓰겠지' 하고 방치했던 화장대도 비웠다. 비우면 비울수록 숨통이 트여가는 느낌이었다. 발 디딜 틈 없던 공간이 점차 깨끗한 공간으로 변하기 시작했다. 청소도 한결 쉬워졌다. 그렇게 '미니멀 라이프'의 매력에 빠졌고, 우리 집은 점점 미니멀해져 갔다.

미니멀 라이프를 시작하면서 자연스럽게 '제로 웨이스트'에도 관심이 갔다. 물건을 비울 때는 나눔이나 중고장터를 이용했지만, 팔리지 않은 물건은 결국 쓰레기가 되는 것이 현실이었다. '내가 필요하지 않은 물건들을 이렇게 많이 짊어지고 살았구나, 앞으로 물건은 더 신중하게 구매해야겠다' 생각하며 나의 소비습관을 반성했다. 그리고 내가 버린 쓰레기들로 세상에 많은 해를 끼치고 있다는 생각도 했다. 지금 당장 편하게 살기 위한 생활 방식이 나중에 우리 아이가 살 세상을 없앨 수도 있다. 지금 내가 누리고 있는 것들을 내 아이는 못 누릴 수도 있다. 정말 끔찍한 일이다. 앞으로 우리 아이가 살 미래의 세상을 위해 무해한 일을 하기로 마음을 먹었다. 천천히 조금씩 할 수 있는 일을 찾아서….

"미래는 내가 아닌 내 아이가 살 테니까."

차례

프롤로그 나도 미니멀하게 살아야겠다   5

1부 │ 지금은 미니멀 라이프가 대세다

30분이면 대청소 끝나는 집   16

귀선이 제안하는 미니멀 라이프 1 다용도실 정리하기   22

언니, 오늘 우리 코스가 어떻게 되죠?   23

귀선이 제안하는 미니멀 라이프 2 물건을 비울 때 버리지 않는 방법   28

장난감은 다다익선 아닌가요   31

귀선이 제안하는 미니멀 라이프 3 미니멀을 유지하는 법칙   37

세 살 버릇 여든까지 간다   39

귀선이 제안하는 미니멀 라이프 4 식료품 공간 정리하기   45

한때는 보물단지, 지금은 애물단지   47

귀선이 제안하는 미니멀 라이프 5 물건을 비우는 방법   51

화장을 좋아하지만 화장대가 없는 여자   54

미니멀 라이프 욕구 다스리기 명언 1   58

답정너 아내의 미니멀 라이프   59

귀선이 제안하는 미니멀 라이프 6 미니멀 라이프 규칙 만들기   64

내가 책을 읽는 방법   66

귀선이 제안하는 미니멀 라이프 7 비우고 얻은 열 가지   71

어머님이 그릇을 주셨다   74

귀선이 제안하는 미니멀 라이프 8 냉장고 정리 & 관리하기   78

미니멀리스트 가방 맞아?   80

미니멀 라이프 욕구 다스리기 명언 2   84

군인 아내답네요!   85

귀선이 제안하는 미니멀 라이프 9 마트에서 충동구매 막는 법   91

옷장의 아이러니   92

귀선이 제안하는 미니멀 라이프 10 옷 쇼핑 욕구 비우기   99

우리 집에 놀러 오세요   100

귀선이 제안하는 미니멀 라이프 11 미니멀 라이프 자극 받는 법   104

설거지가 싫어서   106

귀선이 제안하는 미니멀 라이프 12 효율적이고 깨끗한 주방 만들기   112

5단 서랍장을 없앴더니   113

귀선이 제안하는 미니멀 라이프 13 수납 바구니 사지 않기   117

미니멀리스트의 집 꾸미기   118

귀선이 제안하는 미니멀 라이프 14 물건을 구입하는 방법   122

남편이 변했다   123

귀선이 제안하는 미니멀 라이프 15 미니멀 라이프 비움지도 만들기   128

2부 | 너도 할 수 있어! 제로 웨이스트 생활

중고거래는 제로 웨이스트다   134

귀선이 제안하는 제로 웨이스트 1 껍데기는 가라, 알맹이만 구입하기   139

우리는 줍줍러   140

귀선이 제안하는 제로 웨이스트 2 전자 영수증 신청하기   146

슬기로운 텀블러 생활   147

귀선이 제안하는 제로 웨이스트 3 유행 따라가다가 미세플라스틱 옷 입는다   151

나도 설거지에 지분이 있다고!   153

귀선이 제안하는 제로 웨이스트 4 물을 저축하자   157

까다로운 남편의 눈에 든 화장지   158

귀선이 제안하는 제로 웨이스트 5 필요 없는 메일을 삭제한다면?   162

내 군복에서 향기가 났으면 좋겠어   163

귀선이 제안하는 제로 웨이스트 6 세탁기 전기를 아끼는 방법   170

5200원으로 만드는 반찬 세 가지   171

귀선이 제안하는 제로 웨이스트 7 잠자는 에코백을 깨워볼까?   174

애정했던 물티슈와의 이별   175

귀선이 제안하는 제로 웨이스트 8 짜장면 시킬 때, 나무젓가락 거절하기   180

일회용 비닐은 쓰는 데 5초, 썩는 데 500년   181

귀선이 제안하는 제로 웨이스트 9 욕실 감성을 채우는 대나무 칫솔   187

빨대가 좋아서　188

귀선이 제안하는 제로 웨이스트 10 친환경 **빨대** 고르는 팁　192

지구를 위한, 나를 위한 면 생리대　194

귀선이 제안하는 제로 웨이스트 11 면 생리대 사용 전 유의사항　198

진정한 제로 웨이스터들은 가까이 있었다　199

귀선이 제안하는 제로 웨이스트 12 '착한 소비' 하는 방법　206

캡슐 커피를 포기하고　207

귀선이 제안하는 제로 웨이스트 13 분리수거 O, X 테스트　211

용기 내 프로젝트　213

귀선이 제안하는 제로 웨이스트 14 식당에서 음식물 쓰레기 줄이기　218

플로깅을 하자, 플로깅을 하자　219

귀선이 제안하는 제로 웨이스트 15 먹다 남은 약 버리는 방법　225

플렉스 대신 아나바다　226

귀선이 제안하는 제로 웨이스트 16 제로 웨이스트 추천 제품 베스트5　231

터진 옷도 다시 한 번　233

귀선이 제안하는 제로 웨이스트 17 라면이 환경 파괴를?　237

에필로그 인생은 공수래공수거, 미니멀 라이프 그 후　238

부록　242

1부 │ 지금은 미니멀 라이프가 대세다

30분이면
대청소 끝나는 집

30년 인생에서 청소가 쉬웠던 적은 한 번도 없었다. 항상 청소는 귀찮고, 하기 싫은 일이었다. 미루고 미루다가 집에 누구라도 온다고 하면, 날을 잡고 청소를 했다.

"뭐? 내일 누가 온다고? 그럼 대청소부터 해야겠네."

화장실부터 시작해서 구석구석, 평소에 하지 않았던 창틀까지 하루 24시간이 모자란 청소를 한다. 언제부터 손님 오기 전날이 대청소하는 날이 되었을까.

누구나 청결하고 정리가 잘된 집에서 살고 싶어 한다. 나 역시 마찬가지이다. 하지만 청소를 생각하면 한숨이 나오는 것은 막을 수 없었다. 그러다 보니 먼지가 쌓일 대로 쌓였을 때 비로소 청소를 했고, 밀린 청소를 하다 보니 청소가 더 싫어질 수밖에 없는 일상이 반복되었다.

하지만, 이제 청소로 스트레스를 풀 만큼 변했다. 청소를 하고 나면 속이 시원해진다. 더 이상 청소가 힘들지 않다. 손님 방문 날짜에 맞춰 대청소하던 버릇도 없어졌다. 내가 청소로 스트레스를 풀 줄 누가 알았을까. 특히 친정 아빠가 들으면 깜짝 놀랄 일이다.

"너 이렇게 살면 나중에 결혼 못 한다."

아빠는 방 청소 좀 하라는 말을 이렇게 돌려서 하시곤 했다.

청소가 쉬워지는 나만의 방법을 찾은 것은 바로 '미니멀 라이프'를 시작하고 나서였다.

첫 번째 방법은 빈 공간을 만드는 것.

집이 미니멀해질수록 빈 공간이 생긴다. '빈 공간 만들기'는 청소가 쉬워지는 가장 핵심적인 방법이다. 물건이 없으면 상대적으로 청소하기 쉽다. 쉬우면 더 자주 하게 되며, 자주 하다 보면 점점 적은 시간으로 효율적인 청소가 가능하다.

식탁 위에는 식사 시간을 제외하면 아무것도 올려놓지 않는다. 한 개 두 개 올려놓기 시작하면 금방 물건들로 쌓이게 되고 청소도 하기 싫어진다. 식탁 위에 물건이 없으면 한 번이라도 더 닦게 된다. 깨끗하면 그게 더 보기 좋아서 유지하고 싶어진다. 다른 곳도 마찬가지다. 빈 공간이 많을수록 한 번이라도 더 치우게 돼서 청소가 빨리 끝난다. 주방 싱크대 위나 욕실 선반도 깨끗하게 유지할 수 있다.

미니멀 라이프를 시작하기 전, 우리 집은 거실장이나 선반 위에 나름 인테리어를 한다고 진열해놓은 물건들이 많았다.

특히 액자. 액자들은 보기 좋았지만, 구석구석 청소하기 귀찮았다. 결국, 그 공간은 관리를 못 해서 점점 먼지가 쌓여갔다.

물론 지금은 인테리어를 한다고 물건들을 올려놓는 대신 '빈 공간'으로 남겨두고 있다. 최고의 인테리어는 '비움'이라는 말이 공감되는 요즘이다. 여백의 미가 돋보이는 공간. 물건이 없으니 청소가 간편해서 더 자주 하게 된다. 이제는 먼지가 쌓여가는 인테리어 소품들이 주는 기쁨보다 깨끗하고 청결이 유지되는 공간이 더 힐링 된다.

두 번째는 나만의 청소 루틴을 만드는 것이다.

청소를 하고 싶은 시간대가 있다. 청소기는 오전에 돌리고 빨래는 해가 쨍쨍한 낮 시간에 하는 것을 좋아하며, 저녁에는 아이와 장난감을 함께 정리해서 청소 일과를 마무리하는 것을 좋아한다. 아이 방 청소는 오전에 하면 효율성이 낮다. 곧 다시 어질러질 테니깐…. 그래서 아이와 조금씩 정리를 하며 놀고, 마지막 정리는 아이가 잠자기 전에 함께 한다.

싱크대 배수구 청소는 저녁에 하는 게 좋다. 아침에 하면 점심, 저녁을 먹은 후 다시 금방 더러워지기 때문에 저녁 설거지를 마친 후 과탄산소다를 이용해 최종 마무리로 배수구를 청소하면 깨끗해진 싱크대가 밤사이 오래 유지된다.

나의 하루 청소 루틴은 이렇다. 일어나자마자 안방 침구 정리를 한다(1분). 씻으면서 세면대를 닦는다(1분). 욕실의 물기를 제거한다(1분). 간단한 아침 식사를 한 뒤 설거지는 바로 하며, 싱크대도 한 번 닦는다(5분). 아침에는 설거짓거리가 별로 없기 때문에 설거지 끝난 그릇을 바로 닦아서 서랍장에 넣어놓고 건조대를 씻어서 말려놓는다(2분). 그리고 창틀과 현관을 포함한 온 집 안을 청소기로 한 번 돌린다(10분 이내). 물걸레 청소를 하는 날은 여기서 10분 정도 더 걸린다. 이렇게 매일 아침 청소는 끝난다. 틈틈이 욕실을 사용할 때, 설거지할 때, 빨래를 돌릴 때 그 주변을 청소해주면 청소가 더 간편해진다.

세 번째는 청소가 쉬워지는 '~하는 김에' 청소법을 적용하는 것이다. 내가 청소를 쉽고 빠르게 할 수 있는 것은 이 청소법 때문이다.

예를 들어 욕실의 청소가 빨라지는 방법으로는 세수하는 김에 세면대 닦기, 손 씻는 김에 수전 닦기, 양치하는 김에 욕실 거울 닦기, 샤워하는 김에 샤워기 닦기, 화장실 볼일 보는 김에 화장지걸이 닦기, 아이가 물놀이 한 김에 욕조 닦기.

주방에서 청소가 빨라지는 방법으로는 설거지하는 김에 싱크대 닦기, 행주 삶는 김에 그 물로 배수구 살균하기.

그 밖에 청소기 든 김에 창틀 먼지, 현관, 세탁실까지 돌리기와 빨래하는 김에 세탁기 안의 먼지들을 못 쓰는 칫솔로 닦아내기도 있다. 한번은 귀찮아서 세탁기 안 먼지 제거를 미뤘더니, 묵은 먼지들이 떨어지지 않아 고생한 적이 있다. 이런 식으로 잠깐 시간을 내어 쓱쓱 청소하면 나중에 따로 시간을 들여 청소할 필요가 없다. 청소 시간이 절약되는 것은 물론 매일 청결한 집을 유지하고 묵은 때 없는 집에서 살 수 있다.

네 번째, 가구 위치를 바꾼다.

소파나 침대, 식탁과 같은 비교적 큰 가구들을 가끔 재배치한다. 예를 들어, 거실의 소파 자리를 벽 쪽에서 창가 쪽으로 옮긴다. 가구만 옮겼을 뿐인데 새로운 집이 되는 것 같다. 평소에 하기 힘들었던 공간을 청소할 수도 있고, 덩달아 기분도 좋아진다.

마지막으로, 조금씩 매일 한다.

매일 해도 티가 안 나는 집안일이지만 하루라도 안 하면 티가 나는 것이 바로 집안일이다. 내가 청소를 매일매일 조금씩이라도 하는 이유이기도 하다. 매일 청소를 하다 보면 청소 시간이 줄어든다. 힘도 덜 든다. 손님이 오기 전날이면 청소 생각에 갑자기 마음이 무거워지고 마냥 부담스러웠던 나날들이 가고, 이제 우리 집 대청소는 30분도 걸리지 않는다. 아니 대청소를 할 필요가 없다. 그냥 그날의 청소 루틴만 따르면 된다. 손님의 갑작스러운 방문도 환영이다. 더도 말고 덜도 말고 하루 5분씩이라도 좋다. 청소를 매일 하는 습관만 가지면 된다. 그 어떤 세제나 청소도구라도 매일매일 조금씩 하는 것보다 좋은 것은 없다. 그만큼 묵은 때가 무서운 것이다. 청소를 싫어하고 귀찮아했던 나도 이렇게 바뀌었다. 좋아하는 음악을 크게 틀어놓고 청소를 시작하면 스트레스도 풀리고, 청소하는 게 신이 난다.

다용도실 정리하기

1. 물건들을 보관할 수납 바구니가 꼭 필요할 경우 '같은 디자인의 단정한 색으로 통일감'을 준다. 먼지가 들어갈 수 있으니 천으로 덮어놓으면 먼지도 막고 안의 물건들이 보이지 않아 더욱 깔끔하고 단정해 보인다.

2. 바닥에 물건을 내려놓지 말고 올려놓는다. 물건을 높이 비치해 두면 바닥을 청소하기도 편하고 바닥에 물건이 없어서 깔끔해 보인다. 빗자루, 양파 등 각종 채소나 바나나 등 냉장고에 넣지 않는 과일은 네트백이나 집에 있는 에코백 등에 넣어 S자 고리를 이용해 창틀에 걸어둔다.

3. 다용도실(또는 뒤 베란다)을 틈틈이 '관찰'한다. 식재료는 얼마나 남아 있으며 필요한 물건과 필요 없는 물건들이 있는지 자주 들여다보면 틈틈이 정리가 되고 관리가 더욱 쉬워질 것이다.

언니, 오늘 우리 코스가
어떻게 되죠?

군인 남편 덕분에 알게 된 소중한 인연이 있다. 이사를 자주 다니는 군인 가족의 장점이자 단점은, 헤어진 사람을 다시 만날 수 있다는 것이다. 언니는, 나와는 동네에서 알아주는 베프로, 우리 남편이 6개월 교육을 받을 때 우연히 만난 군인 선배의 아내다. 6개월이란 짧은 기간 동안 친해지고 남편들의 부대 이동으로 헤어졌다가 1년 후 다시 만났다. 운이 참 좋았다. 우리는 더욱 돈독해졌다. 임신기간 동안 가까이 지내다가 아이를 낳고 다시 만나게 되었는데 같은 또래의 아이들도 우리만큼이나 친해졌다. 언니는 나의 육아 동지였다. 남편보다 붙어 있는 시간이 많았고, 아침부터 저녁까지 함께 육아와 살림을 했다. 바쁜 남편들을 대신해 서로 빈자리를 채워주었다. 언니는 101동, 나는 107동에 살았다. 가까운 듯 먼 거리였다. 서로 다른 지역에 살 때보다는 가까웠지만, 아이 둘을 데리고 만나기엔 먼 거리였다. 같은 단지 내에서도 서로 왜 이렇게 멀리 사냐며, 옆집이었으면 얼마나 좋았겠냐는 이야기를 나누기도 했다. 친언니가 없는 나는 언니가 생겨서 좋았다. 이렇게 좋은 관계를 계속 유지할 수 있었던 이유는 우리가 너무 잘 맞아서가 아닌가 싶다(식성은 조금 다르지만). 우리는 서로에게 필요한 조언과 충고를 아낌없이 하며, 만남을 이어갔다.

육아와 살림에 대해 같은 고민을 하던 어느 날이었다.

"왜 이렇게 시간이 없는 걸까? 저녁만 되면 힘들어서 집안일을 못 하겠어. 할 일은 왜 이렇게 많은지 하루 종일 장난감만 치우는 거 같아."

"육아와 집안일 모두 효율적으로 하는 방법은 없을까?"

우리는 잘하고 싶었다. 주부로서 살림과 육아 두 가지 중 하나도 포기할 수 없었다. 그러다가 미니멀 라이프와 관련된 카페에 함께 가입하고 책도 빌려 읽으며 공부를 시작했다. 서로 좋은 정보를 공유하기도 하고, 본받고 싶은 집을 찾아보며 목표를 세우기도 했다. 우리는 미니멀하게 살기 위해 각자의 방식으로 물건을 비우기 시작했다. 비워야 할지 말아야 할지 고민이 되는 물건을 두고는 함께 대책도 세웠다. 우리에게 비움은 곧 중고장터에 팔기였다.

"언니, 이제 이건 팔아도 될 것 같은데요?"

우리는 자주 서로의 집을 방문했기 때문에 각자의 집에서 중고로 팔 물건들을 골라주기도 했다. 가격을 정하는 일도 함께했다. 언니도 중고거래에 대한 편견이 없어서 필요 없는 물건을 중고로 팔고 필요한 물건을 중고로 사기도 했다. 그렇게 우리는 한창 중고거래에 빠졌다. 필요 없는 물건을 쌓아놓던 습관도 없어졌다.

"나 지금 책 정리하는데, 이 책 승현이 보게 할래? 아니면 중고장터에 올리려고."

"책은 패스할게요. 집에 있는 책들도 아직 다 못 읽었어요. 언니, 이 장난감 혹시 쓸래요?"

"그래. 좀 쓰다가 중고장터에 올릴게."

우리는 필요가 없어진 물건들을 서로 물려주기도 하고, 필요 없는 물건은 확실하게 거절하고 다시 중고장터에 올리기도 했다. 승현이는 언니 아들과 딱 1년 차이가 나서 옷도 장난감도 많이 물려받았다. 그리고 다른 동생들을 위한 반납도 철저히 했다. 서로 비운 물건이 많을 때는 박스를 들고 아름다운가게나 지역 기부 단체에 기부를 하러 함께 다녔다.

한번은 이런 일도 있었다. 미니멀 라이프를 시작하고 책 비움을 시작하자 집에 있던 5단 책장이 필요 없어졌다. 중고장터에 팔려고 내놓았는데, 마침 책 육아를 실천하는 언니가 그 사실을 알게 되었다. 언니에게 지인 할인으로 저렴하게 팔기로 했다. 문제는 5단 책장을 옮기는 일이었다. 사람을 부르기엔 책장 값보다 옮기는 비용이 더 나올 것 같았다. 나는 어서 비우고 싶었고, 언니 또한 서둘러 가져가고 싶어 했다. 성격이 급한 우리는 남편들의 퇴근을 못 기다리고 결국 직접 책장을 옮기기로 했다. 하필 싸락눈이 오는 날이었다. 언니가 2단 유모차를 끌고 목장갑 두 개를 챙겨 우리 집에 왔다. 우리 집은 3층이었고 엘리베이터는 없었다. 둘이 끙끙대며 책장을 들고 내려와 겨우 유모차에 실었다. 눈을 맞으며 5단 책장을 앞에서 끌고 뒤에서 밀며 옮기다 보니 미친 짓이 아닌가 하는 생각이 들 만큼 힘이 들었다. 기가 막혀 웃음도 나왔다. 열 번쯤 쉬고 아줌마의 힘은 역시 대단하다고 말해가면서, 책장 옮기기에 성공했다. 다음 날 우리는 팔이며 다리에 꽤 심한 근육통을 앓았다. 나는 아이 방에 있던 책장을 비워 그 공간을 잘 사용하고 있고, 언니는 필요했던 책장을 잘 사용하고 있다. 지금 생각해도 언니와의 5단 책장 거래는 잊지 못할 추억이다.

"사지 마! 사면 결국 짐이야. 우리는 언제 이사 갈지 모르잖아. 항상 18평 집 기준으로 짐을 맞춰야 해."

언니와 나는 쿵짝이 잘 맞아 함께 쇼핑도 하지만, 서로의 충동구매를 잘 막아주기도 한다. 언제 어디 몇 평짜리 집으로 이사하게 될지 모르는 군인 가족이라면 공감할 것이다. 집의 크기에 맞춰서 짐을 줄이며 이사를 자주 다녀야 하기 때문에 적은 짐일수록 편하다는 것을 안다. 그래서 미니멀 라이프 실현이 더 쉽게 가능했던 것 같다.

"언니, 오늘 우리 중고거래 코스가 어떻게 되죠?"

우리는 아이 둘을 뒷좌석 카시트에 태우고 비울 물건들을 챙겨 중고거래를 하러 간다. 육아도 살림도 함께하고, 시간이 맞는 날은 중고거래도 함께한다.

다이어트도 운동도 함께하는 사람이 있으면 더 잘, 더 오래 포기하지 않고 할 수 있는 것처럼 미니멀 라이프도 함께하는 사람이 있다면, 시너지 효과를 낼 수 있다고 생각한다. 좋은 방법이 있으면 공유하고, 잘하는 것은 응원하고 격려하며, 힘들 때 고민까지 함께 나누다 보니 지금까지 잘 해낼 수 있었다. 미니멀 라이프를 잘 실천하고 싶다면 나와 이웃 언니처럼 미니멀 라이프 메이트를 만드는 것도 하나의 방법이라고 생각한다.

우리는 아직 완벽하진 않지만 함께 노력하고 있다.

물건을 비울 때 버리지 않는 방법

1. 기부하기

자신에게는 필요 없지만 새것이나 마찬가지인 물건들이 있다. 기부는 이 물건들의 수명을 뜻깊게 연장해준다. 대표적인 기부처로 '아름다운가게'가 있다. 이곳에 옷이나 잡화의 기증품 종류를 확인해서 보낼 수 있다. 세 박스 이상부터는 방문 수거도 가능하다. '옷캔'이라는 기부처도 있다. 옷캔은 옷 기부를 통해 국내외 소외계층에 도움을 주는 곳으로, 다른 곳보다 기준이 덜 까다롭다. '굿윌스토어'는 의류, 잡화, 생활용품, 문화용품, 가전, 가구, 식료품까지 기부할 수 있다. 오프라인 매장에 직접 방문하거나 인터넷으로 픽업신청을 할 수 있다.

책은 지역 도서관에 기부를 할 수 있고, '책다모아'라는 사이트에서 접수를 하고 신청서를 작성하면 국립중앙도서관에 기증할 수도 있다. 사용하지 않는 학용품은 '나눔코리아'에 기부한다. 이때 필기구는 연필, 볼펜, 형광펜, 색연필, 사인펜 등을 각각 비닐팩에 따로 분류해서 보낸다. 약간의 사용 흔적이 있는 제품도 가능하다. 개인정보 때문에 처치 곤란이었던 폐휴대폰의 경우 '수도권자원순환센터'라는 곳에서 기부를 받는다. 충전기, 폐휴대폰 본체, 배터리 모두 파손 여부와 상관없이 기부할 수 있다. 금속물질만 골라 재활용에 사용하고 유해 물질은 안전하게 배출하며 개인정보도 안전하게 파기한다. 덤으로 재활용 수익금은 취약계층을 위해 사용한다. 온라인 접수를 하고 물품을 꼼꼼하게 포장한 후 주소로 보내면 된다.

기부할 때는 물건의 종류와 품목 기준을 잘 확인해야 한다. 연말정산 기부금 영수증도 받을 수 있는 곳이 있으니 잘 알아보는 것이 좋다.

2. 지역 중고장터 이용하기

많은 밴드나 카페에 지역 중고장터 탭이 있다. 지역 중고장터의 장점은 같은 지역 내에서 거래하기 때문에 직거래나 시간을 맞춘 거래가 가능하다는 점이다. 당근마켓은 지역 중고거래로 유용한 어플이다. 다양한 카테고리가 있어서 원하는 물건을 골라 사고 팔기 편하다. 필요 없는 물건을 줄이고 소소한 용돈 벌이도 할 수 있다. 중고 책 같은 경우에는 알라딘과 같은 중고 책방에 파는 방법도 있다.

3. 무료 폐가전 수거 활용하기

가전과 같은 큰 물건을 비울 때는 인터넷으로 '폐가전제품 무료 수거'를 검색하고 폐가전제품 배출예약시스템에 접속한 후 수거 예약을 한다. 수거품목이 정해져 있으니 불가능한 품목을 확인한 후 기준에 맞게(대형가전, 소형가전) 분류하고 배출 유의사항에 맞게 진행하면 된다.

4. 지인에게 나누기

아이의 작아진 옷이나 장난감 중에는 버리기에 아깝고 팔기에 부담스러운 것들이 종종 있다. 이때 중고 물건에 편견이 없는 지인에게 나누는 방법이 있다. 아이 물건 외에도 자신은 잘 사용하지 않는 물건들을 필요한 지인에게 줄 수도 있다. 진정 필요한 이에게 주는 기쁨은 주는 이와 받는 이의 기분을 좋게 만든다.

장난감은 다다익선
아닌가요

"드디어 청소 끝!"

뒤돌아서는 순간, 아뿔싸. 공들여 한 청소가 무색해지게 집은 다시 장난감 천국이 된다.

우리 집 아이는 또래 친구들에 비해 장난감이 적은 편이다. 아이가 더 어렸을 때, 더 정확히 말하면 집에 국민 장난감이란 장난감들이 다 있던 시절과는 달라졌다.

지금 집에 있는 장난감들을 소개하자면, 아이의 창의성 발달에 좋다는 원목 밸런스 보드, 외할머니가 어린이날 선물로 사주신 자석 블록, 이웃 누나에게 물려받은 소꿉놀이, 중고로 산 기차놀이, 그리고 이웃 형들이 물려준 자동차 정도이다.

아이가 좋아하고 잘 가지고 놀며, 커서도 가지고 놀 만한 것을 빼고 모두 비운 게 이 정도다. 장난감은 정리를 아무리 잘해도 근본적으로 비움이 우선되어야 한다. 아이가 정말 좋아하고 소중하게 생각하는 장난감과 있어도 그만 없어도 그만인 장난감을 잘 파악하고 있어야 한다. 없어도 찾지 않을 장난감은 비움 1호 대상이 된다. 아무 때나 기분에 따라 충동구매 하지 않으며, 특별한 날이라도 아이가 꼭 필요하거나 갖고 싶어 하는 장난감이 없다면 사주지 않는다. 그리고 할머니, 할아버지의 선물은 장난감보다 아이에게 당장 필요한 옷이나 신발로 받는다. 때론 용돈을 받아 저축해놓고 필요한 것이 생기면 산다. 우여곡절 끝에 생긴 우리 집 장난감 원칙이다. 지금까지 지켜본 결과 우리 아이의 새 장난감 수명은 짧았다. 그렇기 때문에 장난감을 살 때는 중고로 알아보고, 빌려서 놀거나 최대한 오래 가지고 놀 수 있는 것들을 고민 끝에 들인다. 그리고 아이의 수준에 맞지 않거나 가지고 노는 빈도가 낮은 장난감은 꾸준히 비운다.

얼마 전, 아이의 생일이었다. 중장비 자동차에 빠진 아이는 친구 집에서 갖고 놀던 크레인을 갖고 싶어 하는 눈치였다. 생일 때 사줘야겠다는 생각을 하고 있었는데, 그 친구가 이사를 가고 더 이상 친구의 크레인을 갖고 놀지 못하게 되자 그 사실을 안 할아버지가 생일 선물로 미리 크레인 자동차를 선물해 주셨다. 아이는 정말 갖고 싶어 하던 선물을 받아서 행복해했고, 매일 빠짐없이 잘 가지고 논다. 크레인 자동차가 집으로 온 날 아이는 잘 가지고 놀지 않는 자동차 장난감

세 개를 비웠다. 비움 1호 장난감들을 정리한 것이다. 자동차 장난감을 모두 꺼내어 하나하나 함께 살펴보면서 소중한 것은 그대로 두고, 가지고 놀지 않을 자동차 장난감을 직접 자기 손으로 골라내어 작별인사를 했다.

"엄마, 이제 이건 아가가 가지고 노는 거야."

"그럼 이 블록 동생한테 물려줄까?"

"응, 이제 아가 줄래. 안녕! 장난감아 잘 가."

어느 날 아이가 잘 가지고 놀던 블록을 이제는 자기 것이 아니라면서 비웠다. 이제 블록이 시시해진 것인지 싫증이 난 것인지 '아가 거야'라고 마지막 작별인사를 하더니 미련 없이 다음 날 이웃 동생에게 보냈다. 취향이 확고하고 점점 의사소통도 가능해져 아이의 판단에 맡길 때가 많다. 그래서 장난감을 비울 때는 꼭 아이의 의견을 묻고, 새 장난감을 들여야 할 때는 잘 놀지 않는 장난감을 비우고 들이도록 노력한다.

집에 장난감이 많이 없다 보니, 가끔 또래 아이의 방에 비하면 너무 장난감이 없는 게 아닌가 고민하기도 했다. 가끔 친구들이 놀러 오면 혹시나 몇 개 없는 장난감으로 인해 싸우지는 않을까 걱정도 되었다. 하지만 아이는 장난감만으로 노는 게 아니라는 것을 깨달았을 때, 그 고민은 더 이상 내 고민이 아니었다.

아이마다 성향이 다르고 노는 법도 다르다. 우리 아이의 경우 장난감보다는 자연에서 뛰어노는 것을 좋아하고, 물감 놀이나 그림 놀이를 더 좋아한다. 장난감을 가지고 혼자 노는 것보다 엄마나 아빠와 함께 지내는 것을 좋아한다. 아무리 새 장난감이라도 혼자 놀 때 쉽게 질려 하고, 엄마나 아빠와 함께할 때 더 오래 가지고 논다. 내 아이에게 장난감은 시시한 놀잇감이 아닌 '존재'였던 것이다. 있으면 좋고 없어도 되는….

시간을 거슬러 올라가 보면 어쩌면 장난감은 아이보다 나에게 더 필요한 존재였는지도 모른다.

"장난감이랑 놀고 있어. 엄마는 일 좀 할게."

아이에게 장난감을 쥐여 주고 내 할 일을 했다. 장난감은 내 시간을 벌기 위한 수단이었다. 장난감이 다다익선이라는 생각은 EBS 다큐멘터리 〈장난감 없이 살아보기〉를 보고 바뀌었다. 신념은 확고해졌고 장난감 미니멀 라이프는 시작되었다.

'장난감이 오히려 아이의 창의성을 막는다니! 아이 혼자 장난감으로 노는 거 아닌가? 장난감이 없어도 과연 잘 놀 수 있을까?'

정답은 '예스'였다. 이전에는 장난감을 고를 때, '아이가 얼마나 이 장난감을 좋아할까?'보다는 '얼마나 이 장난감을 가지고 혼자 오래 놀 수 있을까'를 생각했다. 아이를 장난감에게 맡기고 집안일을 할 시간과 휴식할 시간을 기대했다. 하지만 그건 굉장히 어리석은 생각이었다. 장난감은 아이와 놀아주는 존재가 아니다. 그저 장난감이란 매개체를 통해 부모와 아이가 함께 소통하며 상호작용을 하고 친밀감과 공감을 쌓는 것이다. 프로그램을 보는 내내 장난감에 아이를 맡기려 한 나의 행동을 반성했다.

아이 방을 둘러보았다. 장난감들은 정리도 힘들 만큼 방 안에 가득했다. 정리되지 않은 방의 모습을 보고 있는 나도 스트레스를 받았다. 많은 장난감이 아이의 행복과 비례하는 것이 아니라는 것을 알았지만, 한꺼번에 아이의 장난감을 없애는 것은 쉽지 않았다. 어떤 것은 상태가 너무 좋아서, 어떤 것은 내 마음에 들어서, 어떤 것은 비싸게 준 장난감이라서 등등 여러 가지 이유로 비우는 것을 미뤘다. 장난감을 비워야 한다는 마음과 못 비우는 현실에 스트레스를 받기 시작했다. 분명 장난감은 많은데 이것저것 꺼내 놓기만 하고 잘 놀지 못하는 아이를 보고 화도 났다. 아이를 분명 사랑했지만, 아이가 무엇을 원했는지 잘 몰랐던 것 같다. 모든 걸 내려놓고 아이와 함께 놀기 시작했다. 아이가 좋아하는 장난감은 정해져 있었고, 취향은 확고했다. 많은 시행착오를 거쳐 아이 방에 있는 장난감은 아이가 가장 좋아하고 오래 가지고 놀 수 있는 것들로만 남겼다. 그리고 그 장난감은 나와 아이를 친밀하게 도와주는 매개체가 되었다. 장난감을 비우니 정리에 대한 스트레스도 없어졌다. 아이 또한 좋아하는 장난감을 집중력 있게 오래 가지고 노는 법을 익혔다.

"엄마, 엄마랑 같이 노니깐 재미있다."

적은 장난감으로도 행복하게 노는 법은 바로 소중한 것만 남기는 것이다.

미니멀을 유지하는 법칙

1. 수납장, 서랍장, 정리 바구니의 물건은 최대 80%를 넘기지 않는다

수납장, 서랍장은 언제나 빈 공간을 유지한다. 꽉 채우지 않는다. 수납장과 서랍장은 채워야 한다는 편견을 버린다. 꽉 채운 수납장보다 여유롭게 빈 공간이 있는 수납장이 보기에 좋으며, 물건을 꺼내거나 보관하기에도 편하다. 옷장도 마찬가지다. 옷이 꽉 차 있으면 보기에도 답답하고 옷감도 상하기 쉽다.

2. 공간을 자주 들여다본다

미니멀 라이프 4년 차이지만 비울 물건은 계속 나온다. 비운 공간도 다시 보면 또 비울 물건이 생긴다. 쓰임을 다한 물건이라도 다른 쓰임으로 재활용 할 수도 있는가 하면, 잘 쓰던 물건도 어느 순간 필요 없을 때가 온다. 우리 집에서는 특히 아이의 물건이 그렇다. 비움에만 큰 목적을 두기보다 쓰임에 목적을 두고, 자주 들여다보는 습관이 필요하다. 자주 보고 더 많이 관심을 가질 때, 더 빨리 원하는 공간을 만들 수 있다.

3. 꾸준히 천천히 한다

미니멀 라이프는 천천히 꾸준히 실천하는 삶의 한 방법이고 선택이다. 미니멀하게 살고 싶다고 한 번에 모든 물건을 정리할 수는 없다. 꾸준하고 천천히 해야지 자신만의 패턴을 찾을 수 있다. 한꺼번에 너무 많은 물건을 비운다면 후회할 수 있다. 같은 쓰임의 물건을 반복해서 구매하지 않도록 신중해야 하며, 충동적인 비움은 조심해야 한다.

세 살 버릇
여든까지 간다

"엄마 지저분해요. 같이 정리해요!"

요즘 놀이가 끝나면 아이가 자주 하는 말이다.

나와 함께 자라는 아이를 보며 '부모는 아이의 거울이다' 라는 말을 실감한다. 아이의 행동이나 말투를 가만히 들여다 보고 있으면 깜짝깜짝 놀란다. 사소한 말투에서부터 행동까 지 내 작은 습관들은 곧 아이의 습관이 된다. 미니멀 라이프 실천이 습관이 된 나는 무의식적으로 아이에게 청소하는 모 습과 정리정돈하는 모습을 많이 보여줬다. 처음에는 가만히 지켜만 보던 아이가 어느 날부터 나와 함께 정리하기 시작했 다. 내가 청소기를 돌리기 시작하면 어느새 돌돌이 테이프를 가져와서 먼지를 닦아내고, 흩어진 장난감들을 모으면 옆으 로 와서 거든다. 책도 제법 잘 꽂는다. 그 모습을 본 나는 점 점 욕심이 생겼다. 아이 스스로 혼자 정리정돈을 하면 좋겠 다는 생각을 하게 된 것이다. '세 살 버릇 여든까지 간다'는 속담처럼 일찍 아이에게 정리정돈 습관을 길러줘야겠다는 마음을 먹었다. 그때부터 아이를 향한 잔소리가 시작되었다.

"정리를 잘해 놓아야 다음에도 잘 사용할 수 있는 거야. 어서 정리해. 책은 책꽂이에 꽂아 놓고, 자동차는 자동차 정리함에 넣고, 할 수 있지?"

항상 같이하던 장난감 정리를 당연히 아이 몫이라 생각해서, 나는 집안일을 하고 아이에게는 장난감 정리를 맡겼다. 처음에는 잘 하는가 싶더니 점점 아이는 힘이 든다는 핑계로 돌돌이 테이프마저 손에서 놔버렸다. 지시만 하는 엄마 앞에서 아이가 순순히 정리정돈을 할 리가 없었다. 결국 아이는 방을 나가버렸고 정리는 다시 나의 일이 되었다. 반복되는 혼자만의 정리정돈에 화가 나기도 했고, 아이에게 잔소리한 것이 후회되기도 했다. 엄마 욕심 때문에, 아이에게 정리가 즐거운 일이 아닌 하기 싫은 일이 되어버린 것이다.

아이의 입장이 되어보았다. 내 실수였다. 그동안 아이는 장난감을 가지고 노는 것처럼 엄마와 함께 장난감을 정리하는 일을 놀이라고 생각했을 터였다. 그래서 즐겁게 정리도 했을 것이다. 그리고 함께 놀고 혼자 정리하라는 엄마를 보며 엄마도 같이 놀고서 정리정돈을 왜 혼자만 해야 하는지에 대한 부당함을 느꼈을지도 모른다. 아이의 정리 습관을 위한 것이었다고 작은 변명을 해본다.

아이에게 정리하는 습관을 길들이는 데는 부모의 지혜가 필요하다고 생각한다. 부모가 다 치우는 것도, 아이 혼자 억지로 치우게 하는 것도 정답이 아니다. 정답은 함께 정리하는 것이다. 더 정확하게는 함께 재미있게 치우는 것.

내 걱정과 화가 무색할 만큼 아이의 정리정돈 습관은 생각보다 금방 생겼다. 아이에게 정리는 왜 하는지에 대해 항상 얘기했고, 약간의 과장된 연기도 했다.

"아얏, 장난감이 아무렇게나 어질러져 있어서 엄마 발이 다쳤어. 승현이도 다칠 뻔했다. 어? 노란 미니카가 어디 갔지? 제자리에 놓지 않아서 잃어버렸나 봐. 엄마 속상해. 승현이도 속상하지?"

아이의 수준으로 정리정돈의 필요성을 이야기해주면 금방 이해하고, 자신의 소중한 장난감을 잃기 싫은 아이는 생각하기 시작한다.

그리고 이제 더 이상 정리정돈을 아이 혼자 하게 두지 않는다. 아직 엄마 아빠와 상호작용을 하며 놀기를 좋아하는 아이는 함께 정리하는 것을 좋아하며, 그것을 놀이로 인식한다. 이때 정말 정리하는 일을 놀이로 만드는 것이 중요하다. 정리는 어른이나 아이 누구에게나 귀찮은 일이지만 꼭 필요한 일이다. 그렇기 때문에 하기 싫고 귀찮다고 생각하지 않도록 즐거움으로 승화시키면 정리에 대한 부담이 줄어들 것이다. 노래와 함께하면 더 신나는 것을 아는 승현이는 항상 동요나 음악을 틀어 놓고 놀이를 한다. 놀이가 끝나고 정리하는 시간이 오면 더 신나는 음악을 튼다. 정리할 때 아이가 가장 좋아하는 노래는 '정리정돈 송'이다. 그중에서도 특히 '우리 모두 정리해'라는 가사가 있는 부분을 좋아한다.

가끔은 아이와 경쟁심리를 이용하기도 한다. 블록이나 기차놀이를 한 후 정리를 할 때면 누가 먼저 장난감 바구니에 더 빨리 넣는지, 더 많이 넣는지 게임처럼 한다. 가끔 서로 너무 흥분하는 게 단점이지만 그만큼 정리는 빠르게 된다. 또 주도성이 강한 시기의 아이는 엄마나 아빠가 하는 것은 자기도 꼭 해봐야 직성이 풀린다.

"이제, 자동차들을 주차장에 세워봐야겠다."

이때, 힘든 척을 하면 안 된다. 대신 자동차들을 주차하는 일이 굉장히 재밌고 흥미롭다는 표정을 짓는 것이 필수다.

"엄마, 승현이가 할 거야. 내가 해볼래요."

평소에도 줄 맞추기를 좋아하는 아이는 자동차를 주차하는 일을 정리라기보다 놀이로 인식하고 말끔히 정리해낸다. 미술용품은 아이가 가장 아끼는 것이기에 소중함을 강조해서 이야기한다.

"색연필, 사인펜, 크레파스는 제자리에 놓지 않으면 잃어버려서 나중에 승현이가 필요할 때 쓰지 못할 수도 있어."

그러면 혼자서도 척척 펜을 통에 꽂아 제자리에 가져다 놓는다.

이때, 정리는 아이가 혼자서도 할 수 있을 만큼 쉬워야 한다. 아직 분류를 못 한다면 한곳에 모으는 정도라도 함께한다. 분류를 할 수 있다면 블록은 블록대로 자동차는 자동차대로, 미술용품은 미술용품끼리 소꿉놀이는 소꿉놀이 통에 정리할 수 있도록 규칙을 만든다. 자리를 정해주면 다시 장난감을 가지고 놀 때도 편하고 정리도 쉬워진다. 그중에 승현이가 가장 잘하는 것은 바로 책 정리다. 책꽂이에 책을 꽂아 놓으면 되니 아이의 입장에서도 쉽다. 이때, 책 종류를 분류하는 것은 신경 쓰지 않는다. 정리는 무조건 쉽고 간편해야 한다. 그리고 아이가 정리정돈을 할 때면 무한 칭찬을 해준다.

"우리 승현이 정리도 잘하네. 장난감들이 모두 집으로 가서 좋아하겠다. 내일 또 재밌게 놀 수 있겠다. 최고."

아이는 엄마의 칭찬을 들을 때 가장 행복하고 으쓱해 한다. 항상 정리정돈을 잘하는 것은 아니지만, 스스로 해내거나 점점 정리정돈을 함께하는 시간이 많아질수록 기특할 뿐이다.

아이가 물건을 제자리에 안 둔다고 걱정할 때, 우연히 로버트 풀검의 다음 글귀를 발견했다.

'아이들이 말을 안 듣는다고 걱정하지 말고, 아이들이 항상 당신을 지켜보고 있다는 것을 걱정하라.'

정리정돈 하지 않는 아이를 걱정하지 말고, 내가 솔선수범해서 아이와 함께 한다면 저절로 아이의 정리정돈 습관이 생길 것이라고 믿는다.

식료품 공간 정리하기

1. 2주에 한 번, 집에 있는 모든 식료품의 날짜를 확인한다

모든 식료품을 꺼내어 날짜를 확인한다. 라면과 과자 종류는 유통기한이 짧다. 소스류는 상대적으로 길기 때문에 약 3주에 한 번 확인한다. 냉장고 안 식료품 상태는 수시로 확인한다.

2. 유통기한이 얼마 남지 않은 식료품은 눈에 띄는 곳에 놓는다

유통기한이 임박한 식료품은 보관하는 곳에서 따로 꺼내어 바로 먹을 수 있는 곳에 두고, 냉장고 안의 음식 중 오래된 것도 바로 먹어야 할 칸으로 옮겨 놓는다(우리 집 냉장고의 냉장실 가운데 한 칸은 대체로 비어 있다. 그 공간에는 보통 2~3일 내에 먹어야 하는 재료들을 보관한다. 일명 냉장고 파먹기를 위한 공간이다).

3. 식료품을 대량 구매하거나 쟁여놓지 않는다

대량구매는 실패하기 쉽다. 싸게 샀지만 그만큼 활용하지 못한다. 먹거리든 물건이든 쟁여놓을수록 관리가 어려워 유통기한을 확인하기 어렵다. 원 플러스 원이라고 무조건 구매하지 않으며, 라면 등을 살 때도 먹고 싶을 때 낱개로 구매한다.

한때는 보물단지,
지금은 애물단지

신혼 초, 신랑이 물었다.

"생일 선물 뭐 가지고 싶어?"

"음…. 실내 자전거!"

결혼을 하면 집에 꼭 실내 자전거가 있었으면 좋겠다는 로 망이 있었다. 며칠 뒤, 남편이 퇴근 뒤 잠시 나갔다 온다고 하고 몇 분 후 낑낑대는 소리와 함께 현관을 활짝 열어놓으라며 전화를 했다. 운명적이게도(?) 남편이 내 생일 즈음 직장 상사의 중고 실내 자전거를 저렴하게 득템해 온 것이다. 드디어 우리 집에도 실내 자전거가 생겼다. 그것도 엄청 크고 좋은 자전거. 너무 좋았다.

"고마워! 남편, 최고야!"

추웠던 그 겨울, 한동안 남편과 나는 서로 자전거를 열심히 타며 체력을 불태웠다. 자전거를 바라보기만 해도 건강해지는 느낌이었다. 그 겨울 동안 자전거는 우리의 사랑을 듬뿍 받았다. 그런데 그 인기의 수명이 이렇게 짧을 줄이야….
운동기구가 어느새 비싼 옷걸이가 되더라 하는 건 우리 집
이야기가 아닌 줄 알았다.

아이가 생기자 자전거를 타는 시간은 점점 줄었다. 자전거
위에는 먼지가 뽀얗게 쌓여갔다. 아이가 기어 다니기 시작
하면서부터 자전거는 우리 집 위험 1순위 물건으로 전락했
다. 주위에 보호 가드를 둘러놓고 아이가 그쪽으로 가나 안
가나를 감시했다. '오늘 저녁에 아이가 자면 자전거 좀 타볼
까?'라고 생각하다가도 육아에 시달리느라 아이가 잘 때 함
께 곯아떨어지기 일쑤였고, 자전거는커녕 소파에 편하게 앉
아 있고만 싶었다. 아이가 커갈수록 보호 가드도 소용이 없
었다.

'언젠가 사용하겠지…. 남편이 생일 선물로 어렵게 가져온
건데….' 하는 생각에 타지도 않는 자전거를 두고 있었다. 생
각해보면 물건을 비울 때 '언젠가 쓰겠지'라는 생각이 항상
발목을 잡았다. 며칠을 고민하다가 결국 실내 자전거를 비우
기로 결심했다. 아이가 올라가다가 미끄러지면서 떨어진 것
이다. 남편에게 상황을 설명했더니 당장 치우자고 했다. 누
군가 말했다. 불필요하고 더 이상 사용하지 않는 물건을 두
고 '언젠가 사용하겠지'라고 고민할 때 꽤 많은 에너지를 쓰
며, 그것은 일명 감정소비를 하는 것이라고. 그 물건이 진정

필요한 사람에게 가는 것이 더 좋은 방법이라고. 약 2년 동안 자전거를 사용하지도 않으면서 감정소비를 많이 했다. 이제 우리 집에서 실내 자전거를 보내줄 때가 된 것이다. 깨끗하게 닦아 지역 중고장터에 저렴한 가격으로 올렸더니 재활센터 병원에서 연락이 왔다. 저렴한 가격에 좋은 물건을 살수 있게 해줘서 감사하다는 말과 함께 비타민 음료수도 받았다. 한때는 소중했지만, 결국 애물단지가 된 물건을 필요한 사람이 가져가니 너무 뿌듯했다.

'설레지 않으면 비우라'라는 말이 맞다. 가슴에 손을 얹고 과연 이 물건은 나에게 좋은 에너지를 주는가, 이 물건을 보면 설레는가를 생각해본다. 분명 자전거가 우리 집에 왔을 때 그 설렘을 잊을 수 없다. 하지만 언제부턴가 자전거를 볼 때면 불안함을 느꼈고 더 이상 자전거는 나에게 설렘을 주기보다 걱정, 근심을 주는 존재로 변해버렸다. 자전거를 비우며, 물건을 집에 들일 때는 더 신중해야 한다는 것을 깨달았다. 대부분의 새로운 물건은 설렘을 줄 것이다. 그 잠깐의 감정에 속지 말아야 한다. 물건을 들일 때는 진정 필요하며, 오래오래 사용할 것인가를 한 번 더 생각하는 신중한 소비를 해야 한다.

이제 자전거는 비워졌고, 대신 그 자리에 큰 공간이 생겼다. 그 공간은 또 다른 의미로 나를 설레게 한다. 아이와 자유롭게 놀 수 있는 공간이 조금 더 생긴 것이다. 혹시나 아이가 자전거 쪽으로 가면 위험할까 봐 신경을 곤두세우고 노심초사하던 버릇도 없어졌다. 이제 아이와 나는 그 공간에서 햇살을 받으며 책도 읽고 간식도 먹으며 좋은 시간을 보낸다.

물건을 비우는 방법

1. 방치 계산법

얼마나 이 물건을 찾지 않았는지, 얼마나 이 옷을 입지 않았는지 생각하면 답이 나온다. 옷 같은 경우 2년을 기준으로 잡아 그 사이 입지 않았으면 과감하게 비운다. 아이 장난감의 경우 최소 2~4주를 지켜보다가 찾지 않고 가지고 놀지 않으면 (의사소통이 가능하다면 아이의 동의하에) 비운다. 쓰지 않는 물건들은 6개월 이상 찾지 않거나 미련이 없는 것부터 비운다.

2. 고민 박스법

사용하지는 않지만 비울까 말까 고민이 되는 물건은 기간을 정해 박스에 넣어두고 그 기간 안에 찾지 않으면 과감하게 비운다.

3. 모조리 꺼내기법

하나씩 정리를 하다 보면 정리가 잘 안 되는 경우가 많다. 모조리 꺼내서 자신이 가진 물건들의 양을 직접 확인하고 '나에게 이렇게 물건들이 많았구나'라고 생각을 하는 순간 물건 비우기가 한층 쉬워진다. 생각보다 더 많이 비울 수 있다. 단, 현재 사용하지 않으며 앞으로도 사지 않을 자신이 있는 물건인지 따져보고 비운다(비우고 나중에 다시 사면 말짱 도루묵이다).

4. 목적 떠올리기법

미니멀 라이프에서 절대 간과하면 안 되는 것은 함께 사는 가족들에 대한 배려이다. 처음 미니멀 라이프를 시작하고 가족의 의견을 묻지 않고 비움에만 초점을 맞추는 실수를 했다. 혼자 사는 집이 아니고 함께 사는 공간에서는 서로의 가치관을 존중하고 배려하며 협력해야 한다. 미니멀 라이프의 근본 목적을 생각해보면 좋다. 나의 경우 미니멀 라이프의 목적은 '나와 가족의 행복'이기 때문에 언제나 가족들의 의사를 물으며 우리는 함께 비우고 있다.

5. 남길 물건 고민법

'무엇을 비울까'라고 생각하기보다 '무엇을 남길까'라고 생각할 때 비우기가 훨씬 쉬워질 것이다.

6. 공간 재배치법

매일 적응된 공간에서 살다 보면 물건을 비우기가 어렵다. 한 번씩 가구나 그릇 배치 등을 다시 하다 보면 마치 새로운 공간에 온 것 같은 느낌으로 정리를 할 수 있다. 그러면 필요하진 않았지만 익

숙해져서 비우지 못했던 물건들이 눈에 띌 것이다. 물건들을 선별
하여 비우는 데 좋은 방법이다.

화장을 좋아하지만
화장대가 없는 여자

화장대 없이 살기 3년 차. 화장대 있는 여자가 되고 싶었던 꿈은 아이를 낳고 몇 개월 만에 접었다.

어렸을 때부터 '미美'에 관심이 많았던 나는 자연스럽게 화장품을 좋아했고, 특히 TV 속 예쁜 언니들처럼 멋진 화장대를 갖는 게 로망이었다. 좋아하는 화장품들이 빼곡하게 진열된 화장대에 앉아 예쁘게 화장을 하고 싶었다. 그 당시에는 화장대에 앉아 있는 모습이 왜 그렇게 멋있고 좋아 보였는지 모르겠다. 하지만 결혼 전까지 나만의 화장대를 갖는 꿈은 이루지 못했다.

나의 첫 화장대는 결혼할 때 혼수로 고른, 아담하지만 화장품이 많이 들어가는, 일명 가성비 좋은 제품이었다. 정면으로 보면 거울이지만 양쪽으로 열고 닫을 수 있어서 그 안에 수납할 수 있는 구조로, 꽤 많은 화장품들이 들어갔다. 화장품 욕심이 많은 나에게 딱 맞는 것이었다. 여자라면 같은 하늘 아래 똑같은 색깔의 립스틱은 없다는 말을 잘 알 것이다. 화장대 안에 꽉 찬 화장품들을 보면 그렇게 마음이 뿌듯할 수가 없었다. 괜히 그 앞을 지나갈 때마다 서랍도 한 번씩 열어보고, 의자에 앉아도 보고, 정리도 다시 해보며, 그렇게 행복한 나날을 보냈다. 신혼 초 1년까지만 해도 화장대는 우리 집에서 내가 가장 아끼는 가구였다. 매일 닦고 주변도 쓸어주며 보물처럼 대했다.

하지만 내 로망이었던 화장대는 2년도 채 안 되어 홀대받기 시작했다. 화장대에 앉아 있는 게 익숙지 않아서인지 의자에 앉기보다는 거울 앞에 서서 재빠르게 화장하는 게 편했다. 더군다나 아이가 생기고 나니 화장할 시간도 없어 화장대 청소는 그저 딴 나라 얘기가 되었다. 그렇게 먼지가 쌓여갔다. 화장대는 부피가 큰, 화장품 보관함으로 변해갔다. 그러다가 아이가 점점 커가고 걸음마를 시작할 때쯤 화장대는 위험한 물건으로 바뀌었다. 호기심이 발동해 화장대 서랍을 열고 닫다가 손이 낀 적도 있고, 뾰족한 모서리에 얼굴이 긁히기도 했다. 화장대 앞에 있던 의자는 진작에 치워놓았다. 아이가 더 이상 서랍을 열고 닫지 못하게 서랍 안의 화장품을 다 꺼내고 안전장치를 설치했다. 모서리마다 위험방지 스티커도 붙였다. 우리 집 화장대는 더 이상 제 기능을 하지 못했다. 그 당시 집은 점점 아이에게 맞춰서 변하고 있었다. 위험한 물건들은 아이의 손이 닿지 않는 곳에 보관하고, 최대한 아이를 위험에서 보호하기 위해 안전한 집을 만들었다. 의도치 않던 미니멀 라이프가 아이 덕분에 빠르게 진행되었다.

역시나 많은 고민 끝에 화장대를 비웠다. 그 덕분에 화장품도 많이 줄었다. 많은 화장품들을 품어 준 화장대였는데 보관할 공간이 없으니 자연스럽게 화장품 소비도 줄었다. 깨끗하게 닦아 지역 중고장터에 올렸더니 생각보다 상태가 좋아서인지 바로 팔렸다. 그렇게 내 로망이었던 화장대는 나와 약 1년 반을 함께하고 좋은 추억과 아픈 기억 등을 남긴 채 미련 없이 떠났다.

화장대를 비운 공간은 새로운 기쁨을 주었다. 더 이상 아이가 그쪽으로 갈까 봐 신경을 곤두서지 않아도 되었다. 화장대가 있던 안방이 꽤 넓어졌고, 그 위 쌓여가던 먼지 때문에 스트레스를 받으며 청소할 필요도 없어졌다.

지금은 화장대 없이 지낸 지 2년 차다. 내 화장품은 이제 열 손가락으로 셀 수 있을 정도이다. 로션, 선크림, 미스트, 틴트, 아이브로 하나씩에 마지막으로 선쿠션이 내 화장품 전부이다. 이 중 로션과 선크림은 남편과 함께 사용한다. 내 마음에 쏙 드는 화장품을 몇 개씩 사서 쟁여놓는 버릇도 없어졌다. 립스틱은 내가 매일 바르는 핑크색 틴트 하나만 가지고 있다. 예뻐서 충동적으로 산 색깔들은 거의 손이 안 가서 잘 어울릴 것 같은 지인에게 선물했다. 예전의 나라면 상상할 수도 없는 일이었다.

이제 충동적으로 화장품과 립스틱을 사지 않는다. 홈쇼핑에서 세일로 수십 개씩 파는 마스크팩도 사놓지 않는다. 로션은 끝까지 다 쓰면 사고, 매력적인 화장품 광고에 현혹되는 일도 줄었다. 화장대가 없어지고 화장품을 보관할 곳이 없으니 가능했을지도 모른다. 지금 내 화장품 개수에 만족한다. 화장품은 바구니 하나에 남편 화장품과 함께 보관한다. 화장할 때는 거울 앞에 바구니를 가져와서 한다. 물론 남편도 그렇게 하고 있다. 우리는 화장대가 없어도 불편하지 않다. 앞으로도 다시 들일 일은 없을 것 같다. 나의 화장대 로망은 이렇게 끝났다.

미니멀 라이프 욕구 다스리기 명언 1

완벽함이란, 더 이상 보탤 것이 없을 때가 아니라
더 이상 뺄 것이 없을 때 이루어진다.
- 생텍쥐페리

정리는 과거의 자신을 부정하는 것이 아니라
지금의 자신을 인정하기 위해 해야 한다.
- 곤도 마리에

자신의 집에서 자신의 세계를 가지고 있는 사람보다
더 행복한 사람은 없다.
- 괴테

답정너 아내의
미니멀 라이프

미니멀 라이프를 잘할 수 있었던 이유는 바로 남편과 아이 덕분이다. 아이를 낳고 좀 더 집안의 청결에 힘쓰기 위해 열심히 청소하기 시작했다. 그러다가 아이와 시간을 더 많이 보내기 위해 효율적인 청소법을 생각했고 그렇게 미니멀 라이프를 시작했다. 이때 중요한 것은 가족들과 함께 사는 집에서 미니멀 라이프는 절대 혼자서 할 수 없다는 것이다.

처음 크고 작은 물건들을 비워낼 때만 해도 가족들의 허락이 필요하다는 것을 알지 못했다. '좋은 게 좋은 거 아닌가?'라는 혼자만의 생각에 빠져 있었다. 남편이 "잘한다. 잘한다."라며 열정적인 응원을 보내준 적도, 바뀌어가는 집을 보며 큰 칭찬을 해준 적도 특별히 없었다.

그러던 어느 날 미니멀하게 살아야겠다고 선언하고, 환경을 생각한다면서 제로 웨이스트를 실천하겠다고 주장했다. 남편은 가끔 나의 독단적인 결정에 서운하다고 얘기할 때도 있지만, 큰 결정을 지지하고 금방 잘 적응해주었다.

안방의 아이 침대를 팔아버렸을 때도, "침대를 혼자 해체했다고? 안 무거웠어?"라고 얘기하고, 뜬금없이 안방의 침대 위치를 바꿨을 때도, 힘이 참 세다며 칭찬(?)해 준 남편이었다. 실내 자전거를 팔아야겠다고 말했을 때도 "자전거 판 돈은 반으로 나누는 거야!"라는 농담 반 진담 반으로 선물을 팔아 미안한 내 마음을 위로해주었다.

남편은 바디워시의 향과 거품을 좋아하면서도, 바디워시가 떨어지자 이때다 싶어 아이와 함께 사용할 수 있는 순한 향의 천연 비누로 바꾼 나에게 "이걸로 몸 씻으면 돼? 얼굴은 무슨 비누로 써야 해?" 했다. 화장대를 비우고 주방세제를 없앨 때도 그랬다. 빨래에서 좋아하던 섬유유연제 향기가 안 나도, 말없이 군복에 향수를 뿌리고, 세탁 볼은 어떻게 사용하는 거냐며 물어보고 잘 따라와 주었다.

한집에 살면서 갑작스럽게 변화하는 살림들을 묵묵히 지켜보고 때로는 장단을 맞춰주며, 또 때로는 자신의 소신을 내세우는 사람, 돌아보면 미니멀 라이프는 그동안 함께한 남편이 있었기에 가능한 일이었다.

말없이 물건을 비우고, 팔고, 옮기고, 바꾸고…. 사실 입장 바꿔 생각하면 제법 화가 나거나 불편할 만도 한데…. 내가 너무 내 생각만 했나 싶기도 하다. 앞서 말한 것처럼 아무리의도가 좋은 미니멀 라이프라지만, 나 혼자 사는 집이 아니라 무려 세 명이 같이 사는 집이기 때문에 가족들의 의사가 가장 중요하다.

"오늘은 소파를 창가 쪽으로 옮겨봤어.", "침대를 창가 쪽으로 옮기니깐 더 넓어 보이지 않아?", "야채 다지기는 잘 안 써서 팔았어.", "남는 옷걸이들은 필요 없어서 언니 줬어."

남편이 느끼기에 내 미니멀 라이프의 정도가 심했었는지 처음엔 그러려니 하던 남편이 어느 날은 물건의 위치를 바꿀 때는 자신의 의사도 한 번쯤은 물어봐 달라고 말했다. 그 말을 듣지 않았다면 나는 끝까지 혼자만의 살림이라 생각하고 마음대로 바꾸고 치웠을지도 모른다. 의도가 어떻든 함께하는 공간에서 아무 말 없이 혼자 바꾸고 비우고 옮기면 누구든 서운할 것이다. 그래서, 요즘은 어차피 답정너('답은 정해져 있고, 너는 대답만 하면 돼'의 줄임말)지만 가족들의 의사를 꼬박꼬박 묻고 있다.

하루는 우리 집 판도라의 상자인, 미루고 미뤘던 옷장을 정리했다. 옷장을 열면 후두둑 떨어지는 모자 때문에 스트레스를 받고 있을 때였다. 아이의 모자까지 한곳에 보관하니 작은 옷장이 더 정리되지 않았다. 옷에는 크게 욕심이 없는 우리 부부였지만, 모자라면 말이 달라졌다. 옷장 안의 모자들을 모두 꺼내 개수를 세어보긴 처음이었다. 총 27개였다.

달랑 세 명 사는 집에 모자만 27개라니. 남편 모자, 내 모자, 아이 모자를 나열해보았다. 남편 모자 9개, 내 모자 11개, 아이 모자 7개.

먼저 남편에게 9개 모자의 사진을 찍어 '남길 모자만 말해'라고 메시지를 보냈다. 몇 분 후, '다 남길 건데'라고 답장이 왔다. '부대에서 준 것은 기념이고, 비니는 겨울에 쓰는 거고, 야구 모자는 평소에 자주 쓰고….' 나는 속으로 '그래서 다 남기겠다고? 그럴 순 없지'라고 말하며, 남편을 설득하기 시작했다. '기념이면…. 진짜 쓰진 않는 거잖아. 모자는 쓰라고 있는 거야. 진짜 쓰는 거 남기고 비우자.'

이번엔 남편도 뜻을 굽히지 않았다.

'전역할 때 모아서 사진 찍을 거란 말이야!'

남편의 의사가 확고했다. 답정녀 와이프의 모자 비우기는 실패로 돌아갔다. 결국, 남편이 잘 쓰지 않는 모자들 중에서 정말 정말 안 쓰는 스냅백 한 개만 중고나라에 올라갔다. 이렇게 우리는 여러 번 의견을 주고받고 함께 고민하며 평화롭게(?) 미니멀 라이프를 실천하고 있다. 참고로 현재 우리 집 모자는 총 13개다. 그리고 이제 우리는 모자 쇼핑을 그만할 것이다. 가지고 있는 모자가 헤지고 구멍 나기 전까지 말이다.

우리 집엔 남편뿐만이 아니라 이제 의사 표현이 가능해져 발언권이 생긴 세 살 아들도 최근 함께 미니멀 라이프에 동참해 자신의 물건을 비우는 중이다. 아이의 장난감은 대부분 물려받거나 선물 받은 것이다. 아이가 클수록 흥미를 잃은 것과 연령대에 맞지 않는 장난감이 생긴다. 그때 아이의 의사를 묻고 함께 비운다.

"승현아, 이제 승현이 형아 됐으니깐 이 장난감은 동생 물려주는 게 어때?"라고 물으면

"안돼! 승현이 거야!" 또는 "응, 물려줘도 돼요." 하는 두 가지 반응이 나온다.

가끔 아이의 답변은 종잡을 수 없지만, 이제 의사소통이 가능해져 아이 물건은 꼭 물어본 다음에 처리한다. 중고장터에 팔아서 받은 돈은 아이 저금통 속에 함께 넣는다. 아직 돈의 개념을 잘 모르지만, 돈으로 새로운 장난감이나 간식을 살 수 있다는 것을 알고 저금할 때 아이의 눈이 초롱초롱 빛난다. 가끔은 자신의 소중한 장난감을 팔라고 해서 깜짝 놀랄 때도 있다.

한때 아이에게 소중했던 장난감들은 이렇게 비워져간다. 어른인 나보다도 미련없는 결단력에 대단함을 느낄 때도 있다. 혹시나 뒤늦게 다시 찾진 않을까, 떼쓰진 않을까 걱정했지만, 아이는 다행히 집에 남아 있는, 현재 자신이 소중하게 생각하는 장난감들로 잘 놀고 있다. 우리는 이렇게 서로를 존중하며 점점 더 가볍게 비우고 있는 중이다.

미니멀 라이프 규칙 만들기

미니멀 라이프는 무조건 적게 가지는 것이 아니다. 미니멀 라이프의 기준과 방법은 없다. 100명이 미니멀 라이프를 한다면 100가지 규칙이 존재한다는 말이 있다. 자신만의 기준과 규칙을 세워서 꾸준히 실천하는 것이 중요하다. 나에게도 나만의 미니멀 라이프 규칙이 있다.

첫째, 비우는 일을 생활화한다. 심하게 고장 나서 더 이상 사용할 수 없는 물건, 유효기간이 지난 물건, 더 이상 쓰지 않는 물건은 미련 없이 비운다. 이 말은 내 물건을 스스로 관리한다는 말이다. 물건은 잘 써야만 빛이 나는 법이다. 둘째, 관리할 자신이 있는 물건만 남긴다. 소유에는 책임이 따른다. 셋째, 남의 물건은 함부로 비우지 않는다. 아무리 가족이라도 물건 주인의 의견을 존중해야 한다. 넷째, 물건을 사용한 후 제자리에 놓는다. 다시 사야 하는 일이 줄고 편리하다. 다섯째, 보관할 공간을 정해두고 수량을 정해놓는다. 공간에 맞추어 물건을 사지 않는다. 공간은 공간일 뿐 반드시 채울 필요는 없다. 어떤 공간이든 80% 이상 채우지 않는다. 보기에도 불편하고, 꺼내기에도 불편하다. 여섯째, 소비를 할 때는 진정 나에게 필요한 물건인지 생각해서 신중하게 한다. 일곱째, 잘 비운다. 무작정 버리는 것이 아닌 상태를 보고 기부하고 팔거나 나눈다. 우리 집에서 사용하지 않는 물건이라도 필요한 사람이 있기 마련이다.

내가 책을 읽는 방법

예전엔 책 욕심이 참 많았다. 좋아하는 책을 보면 소장해야 했고, 좋아하는 작가의 책이 나오면 사야만 했다. 나는 꽃 선물보다는 책 선물이 훨씬 더 좋은 사람이었다. 물론 비우는 삶을 택했다고 책을 좋아하는 마음까지 비운 것은 아니다. 책 소유욕을 비웠다. 더 정확히 말해 책을 사는 욕심을 비웠다. 나는 더 이상 책을 사지 않는다. 책을 사지 않고도 책을 볼 수 있는 방법이 있으니까. 바로 서점보다 도서관을 이용하는 것이다. 이사를 가게 되면 내가 사는 곳이 '도세권' (도서관과 가까운 위치)인지 아닌지부터 확인한다. 요즘은 동네마다 작은 도서관이 있어서 책 빌리기가 수월해졌다. 도서관은 내가 가장 좋아하는 장소 중 한 곳이다.

'도서관에 있는 책장이 내 책장이고 도서관의 책들은 다 내 책이다'라고 생각하니 집은 넓어졌고 마음은 더 풍요로워졌다. 항상 읽고 싶은 책만 사서 읽었는데 도서관을 다니기 시작하니 다양한 영역의 책들에 눈이 가고 읽을 기회가 생겼다. 베스트셀러를 살펴보거나 이달의 추천 책을 소개받을 수 있고, 반납기한이 있기에 빌려온 책을 게으름 피우지 않고 읽게 된다. 꼭 책을 사서 읽어야 하고 소장해야 한다는 생각을 비우면 이렇듯 더 많은 책을 접하게 된다.

책을 더 이상 사지 않아, 책장의 책들도 하나씩 비우기 시작했다. 아끼는 책들은 지인에게 선물하기도 하고, 추억이 깃든 책들은 다시 한 번 읽으면서 비워나갔다. 책을 비우니 빽빽했던 공간에 빈 곳이 생기면서 마음의 편안함이 느껴졌다. 모두 읽으려고 샀던 책들이지만 책꽂이에서 나온 적이 없는 것들도 많았다.

"이런 책이 여기 있었네?"

오히려 책을 비우면서 한 번 더 읽게 되었다. 지금 책장에는 정말 소중한 일곱 권의 책만 남아 있다.

책을 비우니 책장이 가벼워졌다. 더 이상 우리 집에는 5단 책장이 필요하지 않다. 지금 책과 책장이 있던 자리는 빈 공간이 되었다. 우리는 그 공간에서 빌려온 책들을 읽는다. 우리 집에 있던 많은 책은 없어졌지만, 책이 많았을 때보다 더 자주 도서관에 다니며 더 열심히 책을 읽고 있다.

아이가 태어나기 전에는 '내 아이만큼은 꼭 책을 좋아하게 만들어야지.' 생각한 적이 있다.

내가 책을 좋아하는 만큼 아이도 책을 좋아하게 만들고 싶은 욕심. 엄마라면 누구나 한 번쯤 책 육아에 대한 꿈을 꿨을 것이다. 나 또한 책을 사랑했기에 내 아이도 책을 사랑하길 바랐다. 이 세상 모든 전집을 사주고 싶은 엄마의 마음. 아이가 책에 조금이라도 관심을 보이면 이 책이고 저 책이고, 이 전집이고 저 전집이고 언제든 사줄 마음의 준비가 되어 있었다. 그러던 어느 날 우연히 분리수거를 하다가 새것 같은 전집이 쌓여 있는 것을 보고, 모두 주워 왔다. 어디서 그런 힘이 나왔는지 족히 100권은 넘는 책을 3층까지 혼자 왔다 갔다 하며 옮겼다. 엄마의 욕심에서 생긴 힘이었다. 책 상태도 너무 좋고 내용도 괜찮았다. 사실 그 책들은 당장 아이가 볼 수 있는 수준이 아니었다. 영어 동요전집과 과학 동화전집, 인성 동화전집이었다. 과학 동화는 수준이 너무 높아 지인에게 말했더니 가져갔고 영어 동요와 인성 동화는 아이의 책장에 꽂아놓았다. 그 책들은 아이가 세 살이 된 지금 잘 읽히고 있다. 하지만 약 50권쯤 되는 책들 중에서도 아이가 좋아하고 잘 읽는 책은 열 손가락 안에 꼽는다. 더 어렸을 때도 마찬가지였다. 관심이 있고 좋아하는 몇 종류의 책들만 너덜너덜해져 있고 나머지는 거의 새 책과 다름없었다. 다양하게 읽어주고자 했지만 아이의 책 취향은 확고했다. 분리수거장에서 가져온 전집들도 몇 권 빼고 상태가 좋은 것을 보니 원래 책 주인도 마찬가지였나 보다. 전집이 있는 친구들도, 아이가 좋아하는 책을 골라 읽을 뿐이지 엄마 뜻대로 전부 읽지는 않는다고 했다(전집이 얼마짜린데 속 터질 일이다).

"OOO 전집이 좋대!", "아이 발달에 전집이 좋아요!", "전집 사면 패드 공짜예요. 동영상도 볼 수 있어요."

수많은 유혹이 나를 흔들었다. 책 육아에 전집이 필수라고들 했다. 아이가 책을 좋아하게 하려면 많은 책이 있어야 한다고도 했다. 순간 고민을 했다. '책이 많아야 한다고? 얼마나?' 이미 우리 집에는 주워 온 전집이 있었다. 우리 아이는 다양한 책보다 자신이 좋아하는 몇 권의 책을 돌려가며 읽는 것을 좋아하지 않는가. 만약 그 전집이 주워 온 게 아니고 몇백만 원을 주고 산 것이었다면 나 또한 무척 속상할 뻔했다.

책 육아를 하려면 책이 많이 있어야 한다. 그렇다면 책이 가장 많은 곳에 데려가면 된다. 바로 어린이 도서관. 시간이 날 때마다 아이와 손을 잡고 도서관에 간다. 그곳엔 책들이 어마어마하게 많이 있다. 종류도 많고 빌릴 때도 공짜다. 아이는 넓은 공간에서 실컷 책 구경을 할 수 있다. 자신이 읽고 싶은 책을 고를 수 있고, 원하는 책은 얼마든지 빌려 올 수도 있다. 요즘 아이의 관심사는 자동차다. 도서관에는 자동차에 관한 책들이 수도 없이 많다. 아이는 읽고 싶은 책을 고를 수 있어서 신나고 나는 책을 좋아하는 아이를 보고 있자니 신난다. 우리는 책값을 아끼고 도서관에 간다. 그리고 오는 길, 한 손에는 책 보따리, 한 손에는 맛있는 간식을 사 들고 집으로 돌아온다(몇백만 원짜리 전집을 안 읽는다고 속상해할 필요도 없다). 나는 이제 전집을 사려고 하기보다 아이와 손을 잡고 도서관에 더 자주 가려고 노력한다.

비우고 얻은 열 가지

1. 시간과 여유가 생긴다

내가 좋아하고 관리가 가능한 물건들만 남아 적은 시간으로 집을 정리정돈할 수 있다.

2. 청소에 대한 스트레스가 준다

빈 공간이 많아지고 물건이 줄어들면서 청소하는 시간이 단축되고, 청소 스트레스까지 줄었다.

3. 경제적으로 도움이 된다

비움을 시작하면서 소비 생활이 신중해지고 가계도 절약되었다.

4. 쓰레기를 줄일 수 있다

집 안에서 필요 없는 물건들을 비우고 정리를 할 때는 버리기보다 나누고 팔아 쓰레기를 줄인다.

5. 건강을 챙길 수 있다

비움을 시작하고 일회용품 사용안 하기를 실천하면서 친환경 물건 위주로 사용하다 보니 지구뿐만 아니라 가족의 건강도 함께 지킬 수 있게 되었다.

6. '나도 할 수 있다'는 자신감이 생긴다

미니멀 라이프에 도전 하고 계획을 짜면서 비우는 실천으로 자신감을 얻었다.

7. 식단에 변화가 생긴다

물건뿐만이 아니라 식료품도 신선한 것을 조금씩 사다 먹으면서 인스턴트 제품 소비를 줄이고, 제철 과일과 채소들을 신선하게 챙겨 먹는 습관이 생겼다.

8. 정리, 청소하는 습관이 길러진다

미니멀 라이프를 꾸준히 실천하다 보니 정리와 비움의 진정한 행복을 깨닫게 되었고, 이는 곧 습관으로 이어졌다.

9. 물건에 대한 욕심이 줄어든다

비움을 통해 물건의 가치와 소중함을 깨닫고 소비를 줄이니 물건에 대한 욕심이 없어졌다.

10. 환경을 보호한다

소비를 줄이며 쓰레기를 줄이고, 신중하고 가치 있는 소비를 통해 친환경 물건들을 구입하며 오래 사용할 수 있다.

어머님이
그릇을 주셨다

세상엔 예쁜 그릇도, 사고 싶은 그릇도 많다.

하지만 갖고 싶은 것을 다 살 수는 없고, 예쁜 것도 모두 가질 수는 없기에 나는 남아 있는 그릇을 소중하게 아끼며 살기로 했다. 한마디로 그릇 욕심을 비웠다. 그릇 욕심을 버리기 전까지 수많은 디자인의 그릇이 우리 집을 다녀갔다.

어느 날, 꽁꽁 숨겨 두었던 내 그릇 욕심을 시험하는 문자 한 통을 받았다.

'귀선이, 이 그릇들 쓸래?'

평소 내 취향을 저격하는 물건을 잘 챙겨주시는 시어머님의 문자였다. 얼핏 봐도 그 그릇은 내 취향이었다. 심플한 디자인에 포인트를 준 원 무늬 그릇에는 어떤 음식을 담아도 맛있어 보일 것 같았다.

엄청난 고민이 시작되었다. 과거의 내 대답은 고민할 필요도 없이 '네'였겠지만, 미니멀 라이프를 시작하고 많은 그릇을 비우고 나눔했던 터였다. 그릇이 많아도 사용하는 것은 정해져 있었고, 많아 봐야 관리도 되지 않기 때문이다. 언젠가부터 상부장을 꽉 채운 그릇을 보면 '한번 닦아 놔야는데', '한번 쓰긴 써야 하는데'라는 생각만 들 뿐 더 이상 설레지도 예뻐 보이지도 않았다.

지금은 관리할 수 있는 만큼의 그릇들만 남아 있고, 그것만으로도 여섯 명까지 손님을 맞기에 충분하다. 하지만 여전히 어머님의 그릇은 갖고 싶었다. 쉽게 미련을 버릴 수 없었다. 문자를 읽었지만 바로 답장을 보내지 못했다. 저녁밥을 준비하면서도 머릿속엔 온통 그릇을 받을까 말까, 하는 생각뿐이었다.

남편에게 도움을 청했다.

"이 그릇들 어때?"

"어? 어디서 많이 보던 건데? 나 어릴 때 쓰던 거랑 똑같아."

"맞아! 그거야. 어머님이 이거 주신대. 어때?"

"왜? 우리 그릇 없어?"

머리가 띵했다. 맞다. 우리 집 그릇은 지금 충분하다. 챙겨 주셔서 항상 감사했지만, 그 순간 과감한 결정을 내렸다. 바로 어머님께 답장을 보냈다. '너무 예쁘지만 그릇 욕심을 비웠습니다.'라고.

그리고 며칠 뒤, 어머님이 김치를 가지고 집에 오셨다. 사진으로 본 그릇까지 함께 가지고.

"너무 좋은 거라, 남 주기엔 아까워서."

그릇은 실제로 보니 더욱 예뻤고 마음에 쏙 들었다. 들어보니 원래 내 것인 듯 느낌도 좋았다. 내가 봐도 남을 주기엔 아까웠다.

어머님이 가져오신 접시에 김치와 수육을 담았다. 원래 우리 집 그릇인 것처럼 식탁에도 잘 어울렸다.

"그릇 정말 예쁜데요."

그 순간, 자기도 구경한다고 달려들던 아이가 그릇을 잡았고, 장난치다가 떨어뜨리고 말았다. 다행히 그릇은 깨지지 않았고, 아이는 내가 소리치는 바람에 잠시 놀랐을 뿐이었다.

"이건 잘 안 깨지는 접시야. 이 그릇으로 규태, 규석이 다 키웠어. 호호."

"어머님, 이 접시들 잘 쓸게요. 감사해요!"

어머님이 가져오신 접시들을 깨끗하게 닦았다. 그리고 상부장에 있는 접시들을 모두 꺼냈다. 비슷한 종류의 접시가 많이 있을 필요는 없었다. 잘 닦아서 사진을 찍었다.

"잘 가! 접시들아, 그동안 맛있는 음식을 더 맛있게 만들어 줘서 고마웠다."

비울 땐 미련 없이 비운다는 마음으로 얼마 전 자취를 시작한, 아는 동생에게 사진을 보내 혹시 필요한지 물었다. 그 그릇들은 그날 저녁 동생네로 갔다. 요즘은 필요 없는 물건들을 파는 재미보다 진정 필요한 누군가에게 나눔 하면서 더 큰 기쁨을 느낀다. 그렇게 우리 집 접시는 어머님이 물려주신 소중한 그릇과 함께 다시 내가 관리할 수 있는 만큼으로 돌아왔다. 여전히 우리 집 주방의 상부장 맨 위 칸은 빈 공간이며, 한눈에 모든 그릇을 확인할 수 있어서 편하다.

냉장고 정리 & 관리하기

1. 냉장고를 채워야 한다는 생각을 버린다

냉장고란 음식을 수납하는 곳이 아니라 신선한 재료를 건강하게 먹기 위해 보관하는 곳이다. 냉장고 안의 음식은 관리할 수 있을 만큼만 채우고 청소를 자주 해서 위생에 힘쓴다.

2. 장을 보러 갈 때 냉장고 사진을 찍어 간다

무엇이 필요한지 무엇이 있는지 확실하게 알고 쇼핑하는 것은 냉장고 정리에 도움이 된다.

3. 장 보는 날짜를 정한다

일주일에 한 번 등으로 장 보기 원칙을 정하고, 나머지 요일에는 냉장고 비우기(냉장고 파먹기)를 통해 식재료를 소진한다. 남은 반찬은 영양에 좋은 비빔밥을 해 먹거나 자투리 채소들은 주스, 카레, 짜장 재료로 활용해 본다.

4. 냉장고에 있는 음식을 모조리 꺼내 살핀다

한 번씩 냉장고를 정리해서 남은 식재료의 유통기한을 살펴본다. 재료 상태를 파악해 무슨 요리를 할 것인지 구상을 하고, 요리 순서도 정해본다. 음식물 쓰레기가 생기는 것도 막을 수 있고 냉장고도 미니멀하게 유지된다.

대용량 식재료를 싸게 사는 것보다 적당히 구매하고 버리지 않는다면, 오히려 경제적으로 환경적으로 이득이다.

5. 냉장고 공간을 효율적으로 사용한다

냉장고에 음식물을 가득 넣어두면 냉기가 많이 돌지 않기 때문에 냉기를 돌리기 위해 전력을 많이 소모한다. 1년 365일 하루도 쉬지 않고 돌아가는 냉장고는 가정 소비 전력의 약 20%를 차지하며, 큰 냉장고일수록 전력 소비도 더 크다고 한다. 냉장고 공간은 30% 정도 비워두는 것이 좋으며 냉동실에 아이스팩을 넣어두는 것도 냉기를 오래 유지하기에 좋은 방법이다.

미니멀리스트 가방 맞아?

"집은 미니멀한데 가방 속은 왜 이런 거야?"

남편의 웃자고 한 소리에 나는 뜨끔했다.

가족끼리 외출하던 날이었다.

"이상하다…. 아까 분명히 곰돌이 젤리 챙겼는데…. 조금만 기다려 봐. 엄마가 빨리 찾아줄게!"

곰돌이 젤리는 아이가 요즘 가장 좋아하는 간식이다. 언제 어디서 젤리를 찾을지 모르는 아이를 위해 미니 젤리를 한두 개씩 챙겨 다닌다.

"엄마, 젤리 사주세요."

"그럴 줄 알고 엄마가 챙겨 왔지. 잠깐만!"

놀다가 간식이 먹고 싶은 아이는 젤리를 사달라고 했다. 사실, 전날 피엑스에서 산 젤리를 가방에 넣어놓았다. 절반 가격도 안 되는 피엑스를 두고, 일반 편의점에서 젤리를 사는 것은 비싼 가격 때문에 망설여진다. 어쨌든 나는 미리 준비해놓은 젤리를 '짜잔'하고 꺼낼 예정이었다. 그런데 그 전날 분명히 넣어놓은 젤리가 아무리 찾아도 없었다. 기다림에 지친 아이는 짜증을 내기 시작했다.

"어제 사놓고 깜박하고 안 넣었나 보지! 그냥 사줘."

남편의 재촉과 아이의 짜증으로 결국 편의점에 가서 전날 사놓은 젤리와 똑같은 젤리를 비싼 가격으로 다시 샀다. 집에 돌아오자마자 가방을 뒤엎었다. 마지막에 젤리가 가방에서 '툭' 하고 떨어졌다.

"이것 봐! 내가 분명 젤리 챙겼다고 했잖아!"

그 순간 가방 속의 어질러진 물건보다는 아이의 곰돌이 젤리만 눈에 들어왔다. 나와 달리 남편은 가방 속 꽉 찬 물건들을 보며 놀란 듯했다.

"젤리 못 찾을 만도 하네. 집보다 가방 속 먼저 미니멀이 필요한 것 같은데? 크크"

그제야 가방에서 쏟아져 나온 물건들이 눈에 들어왔다. '저게 왜 있는 거지?'라는 생각이 들 만큼 믿기 힘든 물건들도 몇 개 보였다. 손소독제, 모기 기피제 스프레이, 다양한 일회용품, 초록색 이태리타월, 인스턴트 커피, 거울, 헤어 롤, 가위, 이어폰, 일회용 밴드, 아이 기저귀 파우치, 굴러다니던 동전, 문제의 젤리들과 내 간식들, 약간의 쓰레기들까지….

생각해보니 가방을 정리 안 한 지가 꽤 되었다. 아이가 기저귀 뗀 지가 좀 되었는데도 가방 속에는 기저귀 파우치와 날짜가 지나서 물기가 말라버린 휴대용티슈까지 있었으니…. 널브러진 물건들을 보고 있자니 얼굴이 화끈화끈 달아올랐다. 가방 속을 정리하는 내내 부끄러웠다. 남편은 내 가방 속 물건들을 이리저리 살피며 신기해했다.

"이야~ 이걸 다 들고 다녔던 거야? 오! 커피도 있네. 깨진 거울은 버려야겠다. 위험하겠어. 모기 기피제가 있었으면 아까 나 좀 뿌려주지. 그나저나 이태리타월은 대체 왜 들어 있는 거야? 선글라스는 자주 쓰니깐 가지고 다녀도 되겠군."

가방 속의 물건들은 모두 필요한 이유가 있었다. 다만, 지금은 필요 없는데도 정리를 안 했을 뿐이었다.

"가위는 승현이 젤리 잘라줄 때 필요해서 가지고 다니던 거고, 커피는 비상용이었어. 그리고 거울이 깨진 건 나도 모르고 있었네. 당장 버려야겠다. 모기 기피제도 여기 있었구나. 이태리타월은 코로나 전 목욕탕 갔을 때 산 건데 여태 가방 속에 있었다니!"

나는 멋쩍은 웃음을 보이며 말했다. 사실 남편의 질문에 대답하면서 나도 놀랐다. 몇 개월 동안 집 청소는 수십 번을 하면서 정작 가방 정리는 한 번도 안 한 것이다. 내 가방 속은 맥시멈 그 자체였다. '이 많은 물건이 정리도 되지 않은 채 뒤엉켜 있었으니 곰돌이 젤리를 못 찾을 수밖에….' 가볍게 한숨을 쉬고 가방 속 물건을 정리하기 시작했다. 먼저 모두 꺼내어 펼쳐놓고 분류를 했다. 쓰레기는 쓰레기대로, 간식은 간식대로. 쓰임과 용도대로 분류했다. 쓰레기는 버리고 각각의 물건은 제자리에 정리했다. 그러고는 필요한 물건만 다시 넣었다. 이제 내 가방 속에는 카드 지갑과 아이 간식 파우치, 손수건 두 장과 수저통, 실리콘 빨대가 들어 있다. 그리고 외출 후 집에 오면 바로 가방 속을 정리해서 비우거나 다음 날 필요한 준비물을 넣어놓는다.

미니멀 라이프 욕구 다스리기 명언 2

필요한 최소한의 물건보다 더 많이 소유하는 것은

곧 새로운 불행을 짊어지는 것이다.

– 도미니크 로로

행복은 원하는 것을 손에 넣는 것이 아니라

지금 갖고 있는 것을 원하는 상태다.

– 하이만 샤하텔

가진 것을 늘리려 애쓰는 사람은 그만큼 걱정도 늘린다.

– 벤자민 플랭클린

군인 아내답네요!

이삿날이었다. 이삿짐센터 사장님이 냉동실을 함께 정리하다가 말했다.

"군인 아내답네요. 껄껄"

처음엔 무슨 의미인지 몰랐다.

"네? 왜요?"

내 말에 사장님은 꽉 찬 냉동실을 정리하면서 남아 있는 냉동식품들을 한 번 더 슬쩍 보았다. 그것은 냉동실에 냉동식품들이 꽉 차 있는 걸 보고 한 말이었다. 냉동 만두, 냉동 닭가슴살, 냉동 볶음밥, 각종 고기며 빵과 떡들…. 정말 꽉꽉도 채워 놨다. 명절도 아닌데 말이다. 처음으로 꽉 찬 우리 집 냉장고가 민망했다.

"냉동실에 먹을 게 굉장히 많네요. 전쟁이 나도 한동안 괜찮으시겠어요. 비상식량처럼. 몇 달은 버티겠는데요? 껄껄"

사장님은 가득한 냉동 식품들을 전쟁 시 필요한 비상식량으로 본 것이다. 틀린 말도 아니었다. 냉장고 속 꽉 찬 음식들이 우리 집 비상식량이라는 것은 사실이었다. 전쟁 대비까지는 아니라 해도 냉장고는 식량을 넣어 놓는 곳이었다. 가득 차서 쌓일 정도로…. 하지만 그 이유는 군인 아내라서가 아니라 걱정 근심이 많은 주부여서였다.

혹시나 배고픈데 힘들어서 밥하기 싫을 때, 남편의 직업 특성상 빨리 밥을 먹고 나가야 할 때, 몸에서 인스턴트 식품을 원할 때 등.

결론은 빨리빨리 먹어야 하는 비상 순간에 인스턴트만 한 음식이 없었다. 그리고 어떤 음식이 언제 당길지 모르니깐 종류별로 구비해 놓은 것이었다. 어떤 비상 순간을 위해 냉장고에는 항상 먹을 게 많이 있어야 한다고 생각했다.

어릴 때부터 걱정이 많은 나였다. 전쟁영화나 재난영화를 보면 내 초점은 항상 비상식량에 가 있었다. 배고픔을 못 참는 성격이라 장시간 외출을 할 때는 가방 속에 비상 간식을 챙겨 다니기도 했다. 또 국내외의 불안한 뉴스를 볼 때면, 집에 있는 가장 크고 튼튼한 가방에 전쟁 시 필요한 물건을 검색해 속옷부터 라이터, 휴대용 라디오, 플래시, 사탕, 초콜릿, 참치 캔, 초코바 등을 싸놓을 정도였다.

"넌 무슨 애가 걱정이 그렇게 많니? 너같이 걱정 많은 애는 없을 거다."

어릴 때부터 가족들에게 여러 번 들은 말이다. 인간의 생존 본능이었을까. 지금 생각하면 웃음이 나온다. 준비성이 철저한 것이었는지, 쟁여야 한다는 강박감이 있었는지, 어쩌면 둘 다였는지도 모르겠다.

결혼을 한 후에도 나의 쟁여놓기 본능은 습관처럼 계속되었다. 집에는 항상 유통기한이 최대한 긴 가공식품과 간식들을 어느 정도 사두어야 하고, 냉장고는 항상 꽉 차 있어야 한다고 생각했다. 냉장고에 빈틈이 보이면 어서 채워야 한다는 생각에 불안했다. 하지만 전쟁이나 영화 속 자연재해와 같은 대재앙들은 내가 생각했던 것만큼 쉽게 일어나지 않았고, 그 가공식품들은 고스란히 바쁘고 피곤하다는 핑계로 저녁상에 올리기 일쑤였다. 나름 가족의 건강을 생각하는 주부라고 생각했는데, 막상 가족들과 나누는 밥상에 많은 가공식품이 보이니 아차 싶었다. 처음엔 사다 놓은 비상식량(?)들의 유통기한이 다 돼가기에 밥상에 하나씩 올렸다. 그러다 보니 어느 순간부터 그 편리함에 익숙해져 나도 모르게 습관적으로 밥상에 올린 것 같다. 이 사실을 인지한 건 최근 들어서다. 가공식품들을 먹고 난 후 쓰레기를 제대로 분리수거 하면서부터… 가공식품은 맛이 좋고 빠르고 편하게 먹을 수 있다. 하지만 대부분의 포장은 플라스틱이나 비닐로 되어있다. 먹기엔 편리하지만 후 처리하는 게 너무 귀찮아지기 시작했다.

깨끗하게 씻어서 말려야만 재활용이 가능한 포장재들이었다. 음식물이 조금이라도 묻어 있으면 재활용 선별하는 과정에서 탈락한다고 한다. 진짜 '쓰레기'가 되는 것이다. 그리고 '미세플라스틱의 존재'를 알게 되면서 가공식품에 조금이나마 남아 있던 정까지 떨어졌다. 대부분 가공식품은 음식을 포장된 채로 데워 먹는데, 이때 환경호르몬과 미세플라스틱이 나와 건강에 좋지 않은 영향을 끼친다. 유독 생리통이 심한 날 생각해보면, 그 즈음 아프고 힘들다는 이유로 가공식품으로 끼니를 때운 경우가 많았다. 생리통에 안 좋은 음식 1순위가 바로 가공식품이라는 것. 나트륨 함량이 많기 때문에 더부룩함까지 유발한다. 결국, 가공식품은 쓰레기도 많이 나오고, 분리수거를 제대로 하기 위해 포장재 설거지도 해야 하며, 건강에도 좋지 않은 것이다. 빠르게 먹을 수 있지만, 재활용까지 생각하면 결국 더 많은 시간이 걸린다.

아직도 우리 집 비상창고에는 예전에 비상 식품용으로 사다 놓은 건빵이나 참치 캔들이 조금 남아 있다. 라면의 유통기한도 한 번 살펴볼 때가 온 것 같다. 점점 비어가는 비상식량 창고를 보며, 이제는 더 이상 가공된 식품들을 사지 않으려고 노력한다. 쟁여놓아야 편안했던 마음을 비우려고 노력하는 중이다. 대신 비어가는 식량창고를 보며 '저 공간을 어떻게 활용할까'라는 설레는 생각을 해본다.

장을 볼 때도 더 이상 비상식량을 일부러 사지 않는다. 눈에 보이지 않으니 덜 먹게 되고, 가공식품을 먹는 것이 한낱 좋지 않은 습관이었다는 것을 깨달았다. 남편도 이에 동의한다.

"정말 비상식량을 준비해놓지 않아도 될까?"

"영화는 영화일 뿐, 30년 살아봤잖아. 대재앙은 그렇게 쉽게 일어나지 않아. 외계인이 침범해 온다면 몰라도? 크크"

우리 집 냉동실을 꽉 채운 냉동 볶음밥은 딱 한 개 남아 있다. 이제 남편이 배고프다고 할 때 "내가 금방 볶음밥이랑 컵라면 줄게."라고 말하지 못한다. 냉동 볶음밥 봉지를 뜯어 프라이팬에 3분이면 휘리릭 완성되는 볶음밥을 만들지 않는다. 대신 직접 손질해서 소분해 놓은 다섯 가지 건강한 채소들과 갓 지은 밥으로 건강하고 맛있는 볶음밥을 만든다. 시간은 조금 걸리지만 말이다. 우리는 가공식품 쓰레기 걱정 없이 슬로푸드인 귀선표 볶음밥을 맛있게 먹는다. 냉장고는 일주일 이내에 먹을 채소와 고기들을 조금씩 넣어 두고 상하지 않게 잠시 보관하는 용도로 사용한다. 되도록 유통기한이 긴 식품들을 사지 않으려고 노력한다. 매주 금요일쯤 우리 집 냉장고는 텅텅 빈다. 그럼 또다시 '어떤 신선한 재료들로 채울까'라는 행복한 고민이 시작된다. 주말엔 일주일 먹을 재료들을 체크리스트에 써서 장을 본다. 냉장고가 빌수록 '이

번 주도 잘 먹고 살았구나.' 하는 마음에 뿌듯하다. 냉장고와 창고에 잔뜩 있던, 가공된 비상식량이 없어도 이제 나는 불안해하지 않는 군인 아내다.

마트에서 충동구매 막는 법

대형마트에 가면 사려고 했던 물건 외에 충동구매하는 경우가 많다. 편리한 카트를 끌며 보이는 물건들을 쑥쑥 담는다. '세일 하네', '맛있어 보이는데', '원 플러스 원이네' 하며. 눈앞에 있는 다양한 물건들의 유혹을 뿌리치기란 어렵다. 냉장고와 주방 서랍장에는 언제나 먹을거리가 쌓여 있어도 습관처럼 마트를 찾는다. 대형마트에서 장을 보면 쓴 돈에 비해 먹을거리가 없어서 가끔 허무할 때도 있다.

마트에서 충동구매를 막는 첫 번째 방법은 구매목록을 적어서 필요한 것만 장을 보는 것이다. 그러면 시간도 절약된다.

두 번째는 카트를 끌지 않는다. 구매목록을 확인하고 물건을 산 후 가급적 장바구니에 물건을 담는다. 장바구니가 무거워질수록 충동구매를 막을 수 있고, 현실석으로 물건을 들 손이 없어서 구매를 포기하게 된다. 덤으로 팔 근력 운동까지 된다.

마지막 방법으로 배를 채우고 간다. 배가 고픈 상태로 장을 보면 이것저것 더 사게 된다. 마트의 시식도 지나칠 수 없는 관문이다. 배고픈 상태에서 시식을 하면 그것을 사게 될 확률이 높아진다.

옷장의 아이러니

주부들이 즐겨 보는 TV 프로그램 중 〈신박한 정리〉라는 게 있다. 주로 연예인들이 나와 어질러진 집을 공개한 후 물건을 정리하고 공간에 행복을 더하는 노하우를 함께 나누는 프로그램이다.

그중 세 아이의 엄마이자 개그우먼인 '정주리 편'이 같은 육아 맘의 마음으로 많이 공감되었다. 세 아들의 흔적으로 매일 전쟁터가 되어버리는 집. 아이 있는 집은 대부분 알 것이다. 드디어 정리가 시작되고, 신애라의 정리 팁 두 가지와 함께 정주리의 집은 완전히 바뀌었다. 정리의 시작인 '비우기'와 '공간 재배치하기' 방법으로 새로운 집이 되었다. 출연자와 진행자들은 바뀐 집을 보며 감동의 눈물을 흘렸다. 나역시 눈시울이 붉어졌다. '집이 바뀌는 것만으로도 저렇게 감동할 수 있구나' 생각하며, 집은 단순한 공간이 아니라는 걸 다시 한 번 느끼게 되었다.

특히 옷장을 정리할 때 인상 깊었다. 방 한가득 쌓인 옷들. 하지만 그 많은 옷 중에서 막상 지금 입을 수 있는 옷은 하나도 없다고 했다. 내 마음과 정주리의 마음이 어쩜 그리 같은지 웃음이 나왔다. 나도 옷 정리를 할 때만큼은 아주 신중하게 고민을 했다. 입을 옷은 없지만 버릴 옷도 없었다.

신애라는 세 개의 박스를 준비하고 정리를 시작했다. 먼저, '필요 박스'에는 꼭 있어야 할 물건, 즉 비우지 않을 물건을 넣어 놓는다. '욕구 박스'에는 필요한 것은 아니지만 아직 못 버리는 물건을 넣는데, 이 박스는 단기간이 지난 후 계속 사용하지 않는다면 비운다. '버림 박스'는 미련 없이 비울 물건을 넣는 박스다.

옷을 정리할 때는 우선 모조리 다 꺼내 놓고 시작한다. '나에게 이만큼의 옷이 있구나'를 인지하면서 비우면 더욱 효과적이다. 나도 옷장 정리를 할 때, 옷걸이에 걸린 것과 서랍 속에 있는 것을 모조리 꺼내서 정리를 한다. 아이러니하게도 옷장은 이미 꽉 차 있고 새로운 옷을 사도 입을 옷이 없는 마법의 공간이다. 지금은 안 맞지만 살을 빼고 입을 옷들, 결혼하기 전에 아끼며 입었던 옷들, 버리기엔 아깝지만 잘 입지 않는 고가의 옷들까지 쌓여 있는 큰 공간. 고민 끝에 신중하게 옷을 비워갔다. '언젠간 입겠지'라는 생각에 두었던 옷들을 큰맘 먹고 정리했다.

지금 우리 집은 행거 세 칸과 리빙박스 하나에 세 식구의 사계절 옷이 정리되어 있다. 그중 두 칸엔 나와 신랑의 옷이 걸려 있고 나머지 한 칸엔 아이 옷과 신랑의 군복들이 정리되어 있다. 한 계절에는 보통 자주 손이 가는 옷이 정해져 있다. 아이 옷도 마찬가지이다. 잘 입는 옷은 따로 있다. 항상 입는 옷들만 닳고, 충동적으로 구매한 옷들은 그때뿐이었다.

옷을 비우고 옷장의 빈 공간이 넓어질수록 옷이 많았을 때보다 고르기가 더 쉬워졌고, 옷장 앞에서 고민하는 시간이 줄었다. 그리고 옷을 구입할 때는 '두 개를 비우고 하나를 산다'는 원칙을 정했다. 더 이상 '유행에 따라 옷을 사지 않는다', '옷이 닳을 때까지 입은 후 비우고 다시 산다'는 원칙과 함께.

옷장이 미니멀해질 수 있었던 또 하나의 이유는 나와 남편의 옷 취향이 비슷하다는 것이다. 특히 겨울에는 한 옷을 같이 돌려 입는다. 나는 오버핏을 좋아하는데 신랑 옷이 딱 그 사이즈다.

"오늘 내가 검정 맨투맨 입는다!"

"그래. 그럼 나는 검정 후리스 입을게."

남편은 옷 쇼핑을 자주 안 한다. 한 계절에 한 번 살 때도 있고, 안 사고 넘어갈 때도 많다. 너무 자주 입어서 해지거나 보풀이 일면 그때 함께 사러 간다. 반면, 나는 옷 쇼핑을 좋아했다. 옷에 관심이 없는 남편은 내가 새 옷을 입은 날이면 매의 눈으로 귀신같이 알아봤다.

"옷 샀어? 못 보던 거네"

"아냐. 원래 있던 옷이야. 자기도 사줄까?"

나는 그때마다 혼자 산 게 미안해서 얼버무리며 넘어갔다.

내가 가장 좋아하는 옷은 바로 세일하는 것이었다. 당장 안 입을 옷이라도 세일을 한다고 하면 다시 꼼꼼히 본다. 비싼 것 한 벌보다는 저렴한 것 여러 벌을 택하는 쪽이었다. 그때는 다양하게 입는 것을 좋아했다. 잘 어울리는 것보다 입고 싶은 것을 주로 골랐다. 그런데 수십 년 동안 옷을 사본 결과, 내가 자주 입는 옷은 결국 나에게 잘 어울리는 옷이었다. 옷장에 많은 옷이 있어도 손이 가는 건 정해져 있었다. 나는 튀는 것보다는 단정하고 어두운 색상의 옷을 좋아한다. 그리고 내 퍼스널 컬러(타고난 개인의 신체 컬러로, 이 진단을 기반으로 최상의 외모 연출과 이미지 메이킹이 가능하다. 즉 자신에게 가장 잘 어울리는 색을 말한다.)는 검정이라는 것을 안다. 가끔 화려한 색깔에 꽂혀서 쇼핑을 하면 그 옷은 옷장을 지킬 뿐이다. 그리고 인터넷 옷 쇼핑은 정말 성공하기 어렵다는 것도 깨달았다. '이번엔 괜찮겠지. 어울릴 거야'라고 수없이 되뇌며 내 손은 또 결제 버튼을 누른다. 같은 실수를 반복하는 것이다. 결국 모델의 핏과 나의 핏에 천지 차이가 난다는 사실을 다시 한 번 느끼고 절망한다. 인터넷으로 옷을 사는 것은 그야말로 시간 낭비에 돈 낭비인 것이다. 철이 지나 세일하는 옷을 안 사기로 했다. 옷장에 택도 안 뗀 옷이 몇 벌이나 있었다. 당장 입지 않을 옷은 나중에도 안 입게 된다. 인터넷 쇼핑은 실패라는 것을 알면서도 끊을 수 없는 때가 있다. 후기가 너무 좋을 때, 지인이 산 옷이 예뻐 보일 때, 사고 싶어진다. 이때 장바구니에 담아놓고 딱 3일만 참아본다. 3일 뒤에도 자꾸 그 옷이 떠오른다면 집에 있는 옷을 비우고 산다. 그런데 내 경우엔 장바구니에 넣어둔 옷들은 그대로 있거나 삭제하는 경우가 대부분이었다. '장바구니 안에서 3일만 참아보기'는 대체로 성공한다. 인터넷 옷 쇼핑의 90%는 실패란 사실을 알고 있으니 그때의 충동만 잘 넘기면 된다.

지난 여름, 남편과 아울렛에 갔다. 입던 옷들이 많이 해져서 입을 게 없다는 남편의 옷을 사러 갔다.

"내 건 안 살 거야. 마음 편하게 사! 내가 승현이 보고 있을게."

아이와 손을 잡고 아울렛을 둘러보며 남편을 기다렸다. 그런데 벌써 가을 신상들이 나온 건지 마네킹이 입고 있는 옷에 자꾸만 눈이 갔다. 입어보고 싶은 욕구도 스멀스멀 생겼다. 나도 사고 싶다는 말이 목구멍까지 올라왔지만 차마 말은 못 했다. 남편이 옷을 못 사게 하는 건 아니었지만, 충동구매를 하지 않겠다고 결심한 내 자존심 때문이었다. '한번 입어만 보지 뭐'라는 생각에 남편 몰래 카디건을 입어보았다. 진주 단추가 달린 하늘색 카디건이었다. 평소 내 스타일과는 전혀 다른 옷이었다. 그런데 하필 그날따라 하늘색 카디건이 나랑 너무 찰떡이었다. 요리 보고 조리 봐도 잘 어울렸다. 그렇게 사고 싶은 마음이 굴뚝이었지만, 충동구매라는 것을 알았기에 참고 집으로 왔다. 그런데 집에 와서도 그 하늘색 진주 카디건이 머리에 맴돌았다. 휴가를 앞둔 날이라 그런지 '그 옷을 입고 휴가 가면 좋을 텐데…'라며 카디건을 향한 욕구가 커져갔다. 주말 동안 많은 고민을 했다. 예전 같으면 바로 샀을 테지만, 제로 웨이스트와 미니멀 라이프를 실천하는 사람으로서 스스로 정한 '옷 사는 원칙'을 깰 순 없었다. 옷장을 보니 여름 동안 입을 옷은 많았고, 단지 이쁘다는 이유로 충동적으로 옷을 사기는 싫었다. 그렇게 고민을 하면서 휴가를 다녀왔다.

며칠 후, 전기차를 충전해야 한다는 님편의 말에 "충전 내가 해 올게."라고 외치며, 집에서 15분 거리에 있는 아울렛에 다시 방문했다. 충전을 하는 시간 동안 하늘색 카디건을 파는 매장을 찾아갔다. '딱 한 번만 더 입어 보자'는 마음으로 그토록 입고 싶었던 카디건을 챙겨 피팅룸에 갔다. 그리고 나는 미련 없이 매장을 나왔다. 다행인 것인지, 그날따라 하늘색이 나랑 너무 안 어울렸다. '역시 나는 블랙이지'라는 생각을 하며 하늘색 카디건을 떠나보냈다. 나는 이제 그 옷에 대한 미련이 하나도 없다.

"휴~ 하마터면 옷장에 모셔둘 옷을 살 뻔했네."

또 언제 어떻게 옷에 대한 충동을 느낄지 모른다. 그럴 땐, 옷장을 한 번 더 살펴보고, 나만의 원칙을 깨지 않는 선에서 옷을 사거나, 잘 입으면 된다고 생각한다.

내가 생각하는 미니멀 라이프의 핵심은 '정말 필요한 것만 소유하는 것'이다. 당시에는 꼭 필요해 보이는 물건도 당장 사지 않고 며칠만 고민해보면 답이 나온다. 꼭 필요한지 굳이 없어도 될지.

옷 쇼핑 욕구 비우기

미니멀 라이프를 시작하고 나만의 옷장 정리원칙을 실천하면서 살아도, 옷을 좋아하는 사람은 옷가게를 지나치거나 자신이 좋아하는 스타일의 옷을 입은 사람들을 보면 숨겨왔던 쇼핑 욕구가 슬금슬금 나올 수 있다. 쇼핑몰을 가지 않아도 인터넷 쇼핑은 클릭 몇 번으로 가능하다. 그럴 때 충동적인 옷 구매를 막는 방법 중 하나는 사고 싶은 옷의 구매 후기들을 꼼꼼하게 모두 읽어 보는 것이다. 후기가 별로 없다면 과감하게 패스한다. 별점이 낮은 후기들 위주로 꼼꼼하게 읽다 보면 그 옷의 단점이 보이고 점점 구매 욕구가 사라진다. 그리고 옷방으로 간다. 옷들을 꼼꼼하게 다시 한 번 살핀다. 그 옷 없어도 잘 살았고, 입을 옷이 많다는 것을 눈으로 직접 확인하면 그 순간 충동구매는 사라질 것이다.

옷장에 옷이 꽉 차 있으면 무슨 옷을 입을지 선택하기 어렵고, 입을 옷이 없다고 느낄 수도 있다. 이와 같이 옷장의 아이러니를 느낀다면 옷장 미니멀 라이프에 도전! 진짜로 좋아하는 옷들만 남겨둔다면 무엇을 입을지 고민할 필요가 없다.

우리 집에
놀러 오세요

우리 집에 오는 손님의 반응은 두 가지로 나뉜다. 집 안 곳곳을 구경하며 놀란다.

첫 번째 반응은 "속이 뻥 뚫린다. 나도 이렇게 살고 싶다."

두 번째는 "너무 뭐가 없네. 안 불편해?"

공통된 것은 "새로 이사 온 집 같다. 아직 짐이 덜 들어온 것 같다."는 반응이다.

미니멀 라이프를 시작하고 최소한의 짐으로 살기 시작할 때 약간의 불편함은 있었다. 하지만 점점 남아 있는 물건들을 재사용하는 법을 익혔고 그 방법이 살아가는 데 더 효율적이라는 것을 깨달았다. 하나의 물건을 다양하게 사용하다 보니 보관하는 공간도 줄고, 관리하기도 편하다. 하지만 가끔 많은 손님들을 초대할 때는 난관에 부딪히기도 한다. 친한 언니들이 집에 놀러 왔는데, 식탁에 의자가 딱 세 개뿐이라 미안할 때도 있었다. 그나마 우리 집 사정을 이해하는 언니들이라 알아서 소파에 앉거나 바닥에 앉기도 한다. 식탁에 앉을 때는 간이의자를 사용하는데, 다들 간이의자에 앉겠다고 양보하기 바쁘다. 물티슈도 없는 집이라 불편할 수도 있는데 알아서 식탁 위에 있는 천 손수건을 꺼내 쓰기도 한다. 배워 갈 게 많은 집이라는 칭찬은 덤이다.

"나 당장 우리 집에 내려가야겠어! 정리할 게 생각났어! 가서 정리 좀 할게."

아랫집 언니가 놀러 와서 한참 이야기를 하다가 우리 집을 보고는 정리할 게 생각났다며 급히 내려간 적도 있다. 우리 집만 다녀가면 청소가 하고 싶다는 언니였다.

비닐이나 물티슈 같은 일회용품도 없고, 큰 냄비도 없고, 적당한 그릇도 모자라는 집에 어느 날, 시댁 식구들이 방문했다.

"제수씨, 큰 냄비 없어요?"

"동서, 혹시 궁중팬 있어?"

"귀선아, 혹시 큰 앞접시 여섯 개 있니?"

"주방세제는 어딨어? 수세미는 안 쓰니?"

가끔 '우리 집에 뭐가 너무 없어서 손님들이 불편하면 어쩌지'라는 생각을 하며 긴장을 하고 맞이한다. 나는 재빨리 그릇을 바로 씻어서 다시 사용하거나 손님이 많이 오는 날에는 이웃집에서 큰 냄비를 빌려놓기도 한다. 그날 저녁, 가족들과 밥을 먹고 과일을 먹는데, 어머님이 말씀하셨다.

"귀선이가 살림을 참 잘하네. 집도 깔끔하고, 나도 이렇게 정리해야겠어!"

매번 집에 올 때마다 더 깔끔해진다면서 집 안을 한 바퀴 둘러보는 어머님이 며느리 살림하는 걸 보고 많이 배운다면서 최고의 칭찬을 해주셨다. 남편이 옆에서 내 옆구리를 콕콕 찌르며 좋겠다는 눈빛을 보내왔다. 어깨가 으쓱했다. 참 감사했다. 불편할 만도 한데 오히려 칭찬을 들으니 마음이 편해졌다.

다음 날 아침, 다 함께 아침밥을 차릴 때였다. 일 년에 두세 번 방문하는 시댁 식구들이기에 한 끼지만 넉넉히 대접하고 싶어서 밥을 많이 했다. 그리고 마음까지 담아 그릇 가득 담았다.

"아니 제수씨! 밥이 너무 많은 거 아니에요? 밥은 미니멀하게 안 드시나 봐요? 하하하."

나와 같이 미니멀 라이프를 추구하는 아주버님이 우스갯소리로 얘기했다. 가족들은 듬뿍 담긴 밥그릇을 보며, 모두 웃었다. 나는 머쓱해하며 조금씩 덜어냈다. 아주버님의 '밥도 미니멀하게'라는 말을 되씹으며 한편으로는 가족들이 우리 집에 와서 모두 잘 적응하는 것 같아서 고마웠다. 앞으로도 우리 가족들에게 좋은 영향력을 주는 사람이 되고 싶다.

요즘도 어머님은 "귀선이 덕분에 옷 쇼핑도 많이 줄고, 냉장고 파먹기도 열심히 하는 중이야."라고 종종 말씀하신다.

　미니멀 라이프를 실천하지만 "모두 실천해보세요!"라고 강요하지는 않는다. "저는 미니멀 라이프 생활이 너무 좋아요. 그리고 편해요."라고 말할 뿐이다. 내가 좋아하는 것을 몸소 실천하고 보여주면서 만족하고 있다는 사실을 보일 뿐이다. 물론 누군가 '나도 한번 미니멀하게 살아볼까?'라는 생각을 하고 방법을 알려달라고 하면 적극적으로 이야기해줄 자신은 있다.

미니멀 라이프 자극 받는 법

다음은 미니멀하게 살고 싶을 때, 더 미니멀해지고 싶을 때 실천할 수 있는 방법들이다.

1. 미니멀 라이프에 관련된 책을 읽는다

책에는 구체적인 실천 방법이 잘 나와 있으며, 처음 도전하는 이들을 위한 팁들도 있어서 도움이 될 것이다. 이 책도 그중 하나다.

2. 미니멀 라이프에 관한 다큐멘터리나 영상을 찾아본다

동영상은 책보다 시각적인 효과가 뛰어나다. '나도 저런 집에서 살고 싶다', '나도 한번 저렇게 해봐야겠다'라는 자극을 강하게 받을 수 있다.

3. 유용한 SNS를 살펴본다

사진 한 장에 글 몇 줄로 이루어진 미니멀리스트들의 SNS를 보면 자극이 되어 당장 시작하고 싶어질 것이다. 카페나 밴드, 페이지, 브런치 등 미니멀 라이프와 관련된 글이 있는 사이트에서 사람들과

함께 공감하고 조언도 얻으며 좋은 방법은 공유하는 등 소통하는
방법도 좋다.

4. 미니멀 라이프를 함께 시작할 동반자를 만든다

가족, 친구, 이웃 모두 좋다. 무엇이든 함께할 때 오래하고 꾸준
히 할 수 있는 법이다. 서로 기분 좋은 자극을 받으며 실천하다 보면
원하는 만큼 더 미니멀해질 수 있을 것이다.

설거지가 싫어서

고백하자면, 나는 집안일 중 설거지하는 걸 가장 싫어한다. 요리하는 것은 좋아하지만, 요리하면 나오는 설거지거리가 싫다. 그래서 설거지거리를 조금이라도 더 줄여보려고 조리도구 사용을 줄이기로 했다. 그러다 보니 자연스럽게 조리도구가 간소해졌다.

이제 '언젠가 쓰겠지', '있으면 사용하겠지'라는 생각은 나에게 해당하지 않는다. 조리도구는 그저 귀찮은 설거지거리 중 하나일 뿐. 특히 내가 제대로 된 요리를 하는 날, 더 정확히 내가 많은 양의 설거지를 하는 날에도 다양한 조리도구는 필요 없다. 수많은 조리도구는 결혼을 하고 구색을 맞추려고 샀지만 점점 자리만 차지할 뿐이었다. 그럼에도 불구하고 내 소중한 주방 한편을 차지하고 있었다. 미니멀 라이프를 시작하고 필요 없는 조리도구들을 보낼 때 마음 같아서는 가장 잘 사용하는 나무 숟가락 딱 하나만을 남겨놓고 싶었다. 나무 숟가락 하나면 모든 요리가 가능하기 때문이다. 하지만 우리 집에는 열에 한 번 요리를 하고 싶어 하는 남편이 있고, 가끔 집에서 가족 모임이라도 하는 날이면 기본적으로 몇 가지 조리도구는 필요했다.

냄비와 숟가락 하나로 반찬을 만드는 나와는 달리, 남편은 시금치나물 하나 무칠 때도 집에 있는 조리도구를 다 사용해야 한다. 간장 숟가락, 소금 숟가락, 다진 마늘 숟가락, 그리고 시금치를 삶는 냄비와 집게, 거름망, 마지막으로 시금치를 무칠 스텐볼까지 다 꺼낸다. 어느 날은 마지막에 참기름을 휙 한 바퀴 돌리고 마무리하길래 물었다.

"왜 참기름은 숟가락으로 계량 안 해?"

"원래 해야 하는데 참기름 넣는 걸 깜박해서. 빨리 넣느라 그냥 한 바퀴 둘러봤어. 다음엔 숟가락으로 제대로 계량해야지."

"아. 그런 깊은 뜻이? 그런데 시금치나물 하나 만드는데 조리도구만 몇 개가 나온지 알아? 숟가락은 바로바로 씻어서 다시 쓰면 되는데. 그럼 설거지거리도 줄고."

"요리하는데 설거지 할 시간이 어딨어? 어차피 할 거 한꺼번에 하면 돼."

무려 일곱 가지의 조리도구를 사용한 남편의 시금치나물은 과연 맛있었다. 하지만 조리도구를 많이 써서 그런 것 같진 않았다.

반면, 나는 시금치를 삶는 냄비 하나와 나무 숟가락 하나면 끝난다. 먼저 시금치를 씻은 후 끓는 냄비에 삶는다. 이때 집게는 필요 없다. 나무 숟가락으로 시금치를 잘 찌르면서 삶는다. 냄비째 찬물에 헹구고 손으로 시금치를 건져 물기를 꽉 짜낸 후, 그 냄비에 다시 시금치를 담는다. 시금치를 삶은 냄비가 더러운 것이 아니기 때문에 바로 물로 헹구고 사용하는 것이다. 나무 숟가락을 물로 헹구고 간장, 소금, 마늘을 넣으며 간을 맞춘다. 이때 중요한 포인트는 숟가락을 바로바로 물에 헹궈가며 양념을 넣는 것. 양념마다 숟가락을 따로 쓸 필요가 없다. 마지막으로 잊지 않고 참기름을 쪼르륵 한 바퀴 두르고 손으로 조물조물 하면 냄비와 나무 숟가락 하나로 맛있는 시금치나물이 완성된다.

가끔 요리를 하는 남편에게 "요리 하나 하는데 조리도구를 도대체 몇 개나 쓰는 거야?"라고 물으면, "조리도구의 기능이 다 있는 거잖아. 각각 알맞게 써줘야지. 안 그래?"라고 대답한다. 그러면 어차피 설거지는 내 몫이 아니니 하면서, 남편의 조리도구에 대한 가치관을 쿨하게 인정해 준다.

어느 날은 싱크대에 뒤집개가 나와 있었다.

"싱크대에 뒤집개가 있네. 전이라도 부쳐 먹은 거야?"

"아니. 계란 프라이 해 먹었는데."

우리 집 뒤집개로 말할 것 같으면, 특별한 행사가 있는 날에만 쓰는 조리도구이다. 예를 들어 설날과 추석에 가족들이 모여 전을 부칠 때, 아니면 신랑이 대왕 해물파전이 먹고 싶다고 할 때(남편은 전을 별로 좋아하지 않는다. 사실 아직까지 한 번도 대왕 해물파전을 찾은 적이 없다). 뒤집개는 우리 집에서 그만큼 사용빈도가 낮은 조리도구란 말이다. 계란 프라이를 할 때는 더더욱 사용하는 걸 생각해본 적도 없었다. 간단한 전 같은 경우에는 프라이팬을 잡고 손목 스냅을 이용해 뒤집으면 그만이다. 아직도 우리 집 뒤집개는 남편의 계란 프라이 전용으로 사용하고 있다.

우리 집에서 내가 가장 잘 사용하는 조리도구는 바로 '나무 숟가락'이다. 밥 숟가락보다는 조금 더 길쭉하고 크다. 이 만능 나무 숟가락만 있으면 대부분의 요리가 완성된다. 요리를 계량할 때는 물론, 볶음 요리를 할 때도, 국물 요리를 할 때도, 잼을 만들 때도, 걸쭉한 카레나 짜장을 만들 때도, 브로콜리나 시금치를 삶을 때도 집게 대신 나무 숟가락으로 누르고 헹여 갑자기 물이 넘치면 빠르게 물을 퍼내는 용도로 사용한다. 다 삶아진 브로콜리를 건져낼 때도 편하다. 숟가락은 중간중간 간을 보기에도 좋다. 사이즈가 커서 아이가 먹을 국 국물이나 건더기를 담을 때도 딱이다.

어느 날은 내가 나무 숟가락 하나로 요리를 하는 것을 보고 남편이 물었다.

"왜 편리한 조리도구들을 두고 그렇게 해? 설거지 때문이라면 내가 할게. 마음껏 써!"

"그래? 한번 마음껏 써볼까?"

남편의 말대로 요리를 하면서 설거지에 대한 걱정 없이 다양한 조리도구들을 써보았다. 나무 숟가락 몇 개, 국자, 젓가락, 뒤집개까지 모두 꺼내서. 설거지통에는 설거지거리가 점점 쌓여갔다. 나와는 상관이 없는 일이었지만, 조리도구를 많이 쓴다고 해서 마냥 편하지도 않았다. 사용한 조리도구를 바로바로 씻어서 사용하는 게 습관이 되어버린 나는 나무 숟가락 하나로 하는 요리가 훨씬 편했다. 처음엔 설거지거리를 만들지 않기 위해 줄였던 조리도구 사용이 이제 조리도구 미니멀 라이프를 가능하게 했다.

"나는 이게 편해. 그냥 나무 숟가락으로 요리할래."

그렇게 설거지는 남편이 하겠다는 말에도 불구하고, 요리할 때 찾는 것은 만능 나무 숟가락 하나다. 이제 주방에서 남편도 안 쓰고 나도 안 쓰는 조리도구들은 모두 비웠다. 결혼 5년 차 주부로서 자주 사용하는 것과 필요한 것, 앞으로도 사용하지 않을 조리도구가 모두 파악되었기 때문에 비움이 가능해졌는지도 모른다.

우리가 좋아하고 자주 해 먹는 웬만한 요리는 집에 있는 최소한의 조리도구들로 만드는 것이 가능하다. 혹시 잠깐, 꼭 필요한 것이 생기면 친한 이웃들에게 빌리는 것도 유용한 방법이다.

효율적이고 깨끗한 주방 만들기

1. 식탁 위는 항상 깨끗하게 유지한다

쓸데없는 물건을 올려놓지 않는다. 주방의 꽃인 식탁이 깨끗하면 기분도 좋고 청결을 유지하기에도 더 효율적이다.

2. 밥 먹은 후 설거지는 바로 한다

설거지가 쌓여 있으면 냄새도 나고 보기에도 안 좋으며, 싱크대가 음식물 찌꺼기로 물들기 쉽다. 청소를 두 번 해야 하는 셈이다. 바로 하는 게 효율적이다.

3. 저녁 설거지를 하면 싱크대 배수구는 바로 헹궈놓는다

하루 한 번씩 약간의 시간만 투자하면 찌든 때를 벗겨낼 필요가 없다. 시간을 내서 하는 배수구 청소 시간이 줄어든다.

4. 시간이 날 때마다 주방 상하부장을 활짝 열어 환기를 시킨다

이때, 환기와 함께 주방용품까지 확인하며 사용하지 않거나 필요 없는 물건들을 정리하고 비운다.

5단 서랍장을
없앴더니

서랍장은 언제나 보물창고가 된다. 서랍장을 두고 살다 보니 자꾸만 잡동사니를 숨겨놓게 되었다. 모든 잡동사니가 그 안에 들어가 있으니 세상 깔끔했다. 아니 사실은 깔끔하게 보일 뿐이었다. 나는 서랍장 안에 무엇이 들었는지 잘 알지 못했다. 남편도 아이도 마찬가지였다. 그 속이 얼마나 뒤죽박죽이었는지, 언제 그렇게 변했는지 아무도 몰랐다. 잡동사니 물건들이 보기 싫다는 이유로 매번 서랍장 안에 쑤셔 넣기 일쑤였다. 서랍장 안에는 물건과 함께 먼지가 쌓였고, 이 사실은 서랍장을 없애야겠다고 마음먹은 후에 알게 되었다. 5단 서랍장에는 주로 아이의 옷들이 자리 잡고 있었다. 그중 가끔 맨 아래쪽은 어떤 옷들이 들어 있는지도 모를 때도 있었다. 자주 빨아서 제일 위쪽에 올려놓은 옷들에 꺼내기 쉽다는 이유로 손이 자주 갔고, 아래 칸에 깔려 있는 옷들은 그곳에 항상 있을 뿐이었다.

어느 날, 공인인증서가 필요했다. 일 년에 몇 번 안 찾는 거라 서랍장을 뒤져 겨우 찾았다. 그때부터 '서랍장을 언제 정리해야 하나' 하고 마음속에 커다란 짐이 생겼다. 며칠간 서랍장을 째려본 것 같다. 그러고선 조금씩 그 안을 정리하기 시작했다. 더 이상 필요 없는 잡동사니들은 중고장터에 팔거나 지인에게 나누었고, 꼭 필요한 물건은 잘 보이는 곳으로 빼놓았다. 아이 옷과 남편 운동복 칸도 정리하니 서랍장 반 이상이 빈칸이 되었다. 힘들게 정리했는데 다시 잡동사니들로 채우기 아까웠다. 나머지 칸에 있던 아이 옷과 남편의 운동복은 남아 있던 행거 공간에 걸었다. 걸어놓으니 옷 입기가 훨씬 수월해졌다. 열다섯 칸 중 단 두 칸만 남았다. 남편의 잡동사니 물건들이 있는 칸이었다. 남편 물건은 내 마음대로 함부로 없애고 치울 수 없다. 그대로 옮겨서 남은 슬라이딩 박스에 넣고, 남편 물건 전용칸을 만들어주었다. 그러자 서랍장 안은 텅텅 비게 되었다.

'정말 저 서랍장이 우리에게 필요할까?'

영원히 못 치울 것 같았던 잡동사니 서랍장이 비워지니 그 필요성을 진지하게 생각하게 되었다. 처음에 서랍장을 비우자는 말에 남편의 반대가 있었다.

"잘 쓰고 있는 걸 왜 비워?"

남편의 잘 쓰고 있다는 말에 나는 흥분을 하고 말았다.

"우리가 서랍장을 잘 쓰고 있다고? 지금까지 관리가 얼마
나 안 되고 있었는데! 이 끔찍한 먼지들 좀 봐봐. 우리가 잘
쓰는 칸은 열다섯 칸 중에 단 두 칸뿐이고, 나머지는 잘 쓰
지도 않는 잡동사니로 꽉 차 있더라! 그리고 필요한 것들은
내가 잘 보관했으니 걱정 마. 앞으로 우리가 서랍장을 잘 쓰
려면 그만큼 관리도 필요하다고 생각하는데 매번 잘 관리할
수 있겠어?"

내가 흥분하자 남편은 크게 대꾸하지 않았다. 서랍장을 비
우고 싶었다. 우리는 일주일 정도 빈 서랍장을 가지고 살았
다. 즉 일주일 정도 비워진 서랍장을 쓰지 않고 잘 살았다.
일주일 뒤 남편이 말했다.

"서랍장 마음대로 해!"

"진짜?"

남편에게 두 번을 더 묻고, 서랍장을 팔았다. 그걸 팔고 받
은 돈은 아이 저금통에 넣어주기로 했다. 우리 집에는 이제
잡동사니 서랍장이 없다. 뒤적거리며 물건을 찾지 않아도 된
다. 그 안에 있는 물건들을 정리하면서 그곳에 쌓인 끔찍한
먼지들을 보고 깜짝 놀라지 않아도 된다. 서랍장이 치워진
공간을 보니 속이 시원하기만 하다.

'채워 넣을 공간이 없으면, 채워 넣지 않게 되더라.'

지금까지 비우며 느낀 점이다. 옷장과 행거를 줄이니 옷을

잘 사지 않게 되었다. 거실장을 비우니 쓸데없는 물건을 사지 않고, 보관할 곳이 없다고 생각하니 이것저것 비우는 바람에 잡동사니도 많이 줄었다. 이렇게 저절로 소비생활이 검소해졌다. 빈 공간이 있으면 있을수록 채웠던 내 생활이 180도 바뀐 것이다. 이제 새로운 물건보다는 빈 공간이 주는 진정한 기쁨을 알아버렸다.

"지금, 당신의 서랍장은 안녕한가요?"

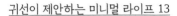

수납 바구니 사지 않기

미니멀 라이프를 처음 시작하면 많은 사람이 정리를 위해 수납 바구니를 준비한다. 그 속에 물건을 넣으면 정리가 잘 되어서 마치 집이 깨끗해진 것처럼 보인다. 수납 바구니 안은 잡동사니들로 채워지고 점점 집은 깨끗해진다. 아니, 깨끗해진 것처럼 보인다. 반면, 수납 바구니는 무엇이 얼마나 들어 있는지도 모르는 아수라장으로 변한다.

정리(흐트러지거나 혼란스러운 상태에 있는 것을 한데 모으거나 치워서 질서 있는 상태가 되게 함)의 본질을 알면서 미니멀 라이프의 오류를 경험하고 비움을 시작했다. 미니멀 라이프 2년 차에 수납 바구니들은 하나씩 비워졌고 더 이상 그 많던 수납 바구니가 필요 없게 되었다. 정리보다는 비움이 필요했던 것이다. 물건을 숨기기 위한 것이 아니라면 바구니를 사는 것 대신 신중하게 비우는 것을 선택해야 한다. 진정한 미니멀 라이프의 시작은 비움부터다.

미니멀리스트의
집 꾸미기

　나에게는 몇 가지 집을 꾸미는 방법이 있다. 미니멀 라이프를 추구하는 미니멀리스트지만 집 꾸미는 것을 좋아해서 나름 인테리어도 한다. TV나 SNS에 나오는 집처럼 멋있는 소품이나 장식품으로 꾸미지는 않지만, 나름 나만의 소박한 인테리어로 집을 꾸민다. 우리 집의 인테리어 소품으로는 조화 몇 개와 꽃병이 있다. 유리병 음료를 마시고 그 유리병이 예뻐서 꽃병으로 활용한 것이다. 조화는 계절에 따라 여름에는 싱그러운 초록빛이 좋아서 몬스테라 잎으로, 겨울에는 하얀 꽃 한 송이로 대신한다. 꽃과 식물을 좋아하는 편이지만 관리가 어렵고, 쉽게 시들어버려서 잘 사지 않는다. 조화를 계절에 한 번, 몇 개씩 사거나 기분전환이 필요할 때 식탁 위나 주방 싱크대 쪽에 올려놓는 것만으로 소박한 인테리어가 된다. 물을 줄 필요도 없고 시들지도 않는다. 얼마 전에 이웃 언니가 노란 튤립 조화를 선물해줘서 그것까지 번갈아가면서 인테리어에 활용하고 있다. 꽃 인테리어는 나의 기분과 집안의 분위기를 따뜻하게 해준다.

가끔 집이 싫증 날 때도 있다. 그때는 가구 배치를 다시 한다. 예를 들어 소파나 침대, 식탁 같은 큰 가구들을 옮기면 새로운 집에 온 것 같은 기분이 든다. 아무리 큰 가구라도 인테리어를 위해서라면 괴력이 나와 가뿐하게 옮겨진다.

"식탁 옮겼네. 더 넓어 보인다."

"소파를 창가로 옮겼네. 나도 집에 가서 한번 옮겨봐야겠다."

퇴근하고 온 남편은 내 괴력에 놀랄 뿐이고, 집에 종종 찾아오는 언니들은 꽤 괜찮은 방법이라며 칭찬을 해준다. 최근에는 주방과 거실 사이에 있던 식탁을 통로 끝쪽으로 옮겼는데 집안이 뻥 뚫려 보여서 집이 한결 더 넓어 보인다. 원래 식탁이 있던 자리는 하얀 벽지 덕분에 아이의 포토존으로 안성맞춤이다. 그곳은 요즘은 아이의 놀이 공간으로 재탄생되었다.

그리고 가구를 옮겨도 집이 심심할 때는 '비우기'를 시작한다. 예전에는 무언가를 채우는 인테리어를 했다면, 지금은 비우는 인테리어를 한다. 비움이 최고의 집 꾸미기라는 것에 공감하는 요즘이다. 서랍 안이나 부엌의 상하부장, 옷장 안등 집 안을 채우고 있는 물건들은 생각보다 꽤 많다. 꼭 필요한 물건이 아니라면 과감히 비우고 정리하는 일을 시작한다. 정리하다 보면 공간이 점점 넓어지는 것이 보일 것이다. 이 공간은 청소가 쉬워지고, 더 이상 관리할 필요도 없어진다. 채우는 기쁨보다 비우는 설렘에 빠져 요즘도 나는 계속 비우는 중이다.

비우는 것도 좋지만 불가피하게 채워야 할 일도 생긴다. 채우며 인테리어를 할 수 있는 방법으로는 '제로 웨이스트 생활을 하는 것'이 있다. 제로 웨이스트는 쓰레기를 만들지 않는 것이다. 최소한의 물건으로 살면 이를 실천할 수 있다. 이것은 곧 미니멀 라이프와 일맥상통하는 부분이다. 미니멀 라이프를 위해 '비움'을 생활화한다. 즉 인테리어를 하기 위해 소품을 사는 생활을 줄이고 가지고 있는 물건을 재사용, 재활용해 인테리어를 한다. 바로 제로 웨이스트 인테리어 방법이다. 우리 집에서 제로 웨이스트를 실천하기 위해 사용하는 친환경 물건들은 곳곳의 인테리어 소품이 된다. 예를 들어, 대나무 칫솔 세 개는 욕실의 감성을 돋게 한다. 알록달록한 색깔보다는 화이트나 우드톤이 어울리는 우리 집에서 나무 칫솔은 자꾸 들여다보고 싶은 욕실을 만들어준다. 시장에서 장을 볼 때 비닐봉지를 줄이기 위해 대신 사용하는 네트백은 너무 마음에 들어서 인테리어용으로 보이는 곳에 걸어두고 필요할 때마다 가지고 나간다. 색깔도 아이보리라 밋밋

한 하얀 벽에 걸어 놓으면 심심하지 않아 보인다. 장바구니를 우리 집 인테리어 소품으로 사용할지는 나도 몰랐다. 그리고 아끼는 나무 빗자루는 일부러 잘 보이는 베란다 한가운데 걸어 놓았다. 하루 한 번 무선 청소기 대신 빗자루로 거실을 쓴다. 나무 손잡이를 잡을 때 느낌이 참 좋다. 부드러운 청소모는 먼지가 참 잘 쓸린다. 집에서 탄소발자국을 조금이나마 줄일 수 있는 방법도 된다. 벽에 걸려 있는 빗자루를 보고 있으면 자꾸만 쓸어보고 싶어지기도 한다. 이 빗자루로 말할 것 같으면 플라스틱으로 만든 것 대신 친환경적인 나무 빗자루를 사고 싶어서 무려 마트를 세 군데나 돌아다니며 직접 고른 것이다. 우리 집과 어울리는 감성적인 우드톤 손잡이에 플라스틱처럼 뻣뻣하지 않아 보이는 돈모가 마음에 쏙 든다. 베란다 인테리어를 책임지는 나무 빗자루는 내가 가장 아끼는 살림 아이템이자 최고의 인테리어 소품이다.

"오~ 빗자루 예쁜데!"라는 말은 오늘도 빗자루로 청소하는 나를 설레게 한다.

물건을 구입하는 방법

이 세상에는 너무도 많은 물건이 있다. 갖고 싶은 것, 필요한 것, 사야 하는 것. 고르기도 어려울 정도로 많다. 그중 우리는 선택을 해야 한다. 좋은 결정을 하기 위해서 물건을 고를 때 생각해볼 몇 가지 기준이 있다.

물건을 사는 것이 단순한 소비 활동이 아니라 그 물건이 나에게 얼마나 좋은 에너지를 주고 나와 계속 함께할 인연이라고 생각하면 더 진중한 선택이 필요하다.

'정말 필요한 물건인가(필요성), 오래 사용할 수 있는가(품질), 가격이 적당한가(가성비), 디자인은 마음에 드는가(디자인)' 등.

이 중에서 내가 가장 고려하는 것은 '정말 나에게 필요한 것인가, 내가 오래오래 사용할 수 있는 물건인가?'이다. 쉽게 비울 물건은 사지 않도록 노력하며, 이왕이면 나와 지구를 위한 친환경 물건을 선택한다.

남편이 변했다

"뭐해? 또 낚시용품 사려고?"

"아닌데. 중고장터에 내 루어(낚시용 가짜 미끼) 나누는 중인데."

남편의 유일한 취미는 루어 낚시다. 아이가 생기기 전에는 함께 낚시를 즐겼지만, 아이가 생기고 내 취미는 최대한 몸을 쓰지 않는 독서나 영화감상으로 바뀌었다. 하지만 남편의 낚시 사랑은 변함 없다. 가족과 함께하는 시간이 지장 받지 않는 선에서 모두가 잠든 새벽 낚시나 밤 낚시를 즐긴다. 주말 아침 느즈막히 눈을 뜨면 언제 낚시를 나녀온지도 모르게 옆에 누워 있다. 낚시를 하면서 경치 좋은 곳은 잘 봐두었다가 날씨 좋은 날 아이를 데리고 그곳으로 함께 소풍을 가기도 한다. 자연을 사랑하는 아이에게 낚시터는 놀이터가 되고 아빠의 루어 낚시는 신나는 물고기 구경이 된다. 우리는 아빠의, 남편의 취미 생활을 존중한다. 문제는 바로 너무 많은 남편의 낚시용품이다. 처음 낚시를 시작했을 때 낚시용품 수는 얼마 안 되었다. 각각 낚시대를 하나씩 들고, 낚시가방 대신 손잡이 달린 김치통 안에 루어 몇 개를 챙겼을 뿐이다. 루어들은 필요할 때마다 사서 집에는 낚싯대 두 개와 루어 김치통 하나만 공간을 차지할 뿐이었다. 좋은 낚시가방과 좋은 낚싯대가 아니더라도 재미있었다. 그저 아름다운 자연 풍경과 낚시에 집중했다.

그러던 어느 날부터 남편 이름으로 크고 작은 택배들이 오기 시작했다. 그리고 그것들은 작은방 베란다에 차곡차곡 쌓여갔다. 그곳은 점차 남편의 낚시용품 창고가 되고 있었다.

"저기에 뭐가 있는 줄은 알아? 필요한 것도 못 찾는 거 아냐?"

정리 좀 하라는 나의 말에 남편은 나중에, 라는 말과 함께 커튼으로 베란다 가리기에 급급했다.

"이 가방 어때? 칸막이가 있어서 이제 루어들이 안 섞여. 종류대로 넣어서 가지고 다니면 필요한 루어를 바로바로 꺼낼 수 있어. 이제 김치통은 필요 없어."

그동안 잘 들고 다니던 김치통은 버려졌고, 남편의 이유 있는 이유로 낚시가방은 몇 차례나 바뀌며 그 전에 들고 다니던 가방들은 베란다 창고에 차곡차곡 쌓여갔다.

"하나, 둘, 셋… 이게 도대체 몇 개야? 셀 수가 없는데? 이

루어들 평생 써도 남겠다."

"뭘 모르네! 계절과 날씨와 물의 온도, 그리고 지형에 따라 루어가 달라진다구. 물고기들의 취향이 얼마나 다양한데. 사실 나는 다른 사람들에 비하면 얼마 없는 거야."

'낚알못'(낚시를 잘 알지 못하는 사람을 줄인 용어)인 나는 낚시 고수가 된 남편의 말을 이해할 수 없었지만 이해하기로 했다. 유일한 취미를 뺏고 싶지도 않았다. 택배 상자를 열고 손바닥보다 작은 루어들과 손가락보다도 작은 추들을 볼 때마다 그의 얼굴에 번지는 미소를 빼앗고 싶지 않았다. 하지만 점점 베란다에 아무렇게나 쌓여가는 낚시용품들을 보니 한숨이 나왔다. 미니멀 라이프를 시작하고 거실에 있던 아이 물건들과 장난감들을 작은방으로 옮기면서 그곳은 아이의 공간이 되었다. 그러다가 점점 아이는 커튼에 가려져, 베일에 쌓여 있던 남편의 각종 루어들과 위험한 낚싯대들에 관심을 보였다. 그 바람에 남편의 소중한 루어들은 가끔 아이의 장난감이 되기도 했다. 결국 호기심 많은 아이로부터 루어와 낚싯대를 지키기 위해 남편은 낚시용품을 안방 다용도실로 옮겼다. 그때부터 남편이 점점 변하기 시작했다. 더 정확히는 남편의 낚시용품 미니멀 라이프가 시작되었다.

"어라? 이 루어가 여기 있었네. 엄청 찾았는데! 이제 안 쓰는 가방들은 비워야겠다. 정리하고 보니깐 내 루어가 많긴 많았네."

작은방 베란다에 있던 낚시용품들을 모두 꺼내 옮기다가 남편은 숨어 있던 것까지 찾으면서, 자신이 얼마나 많은 루어를 가지고 있었는지 깨닫게 되었다.

정리가 되지 않았던 낚시용품이 빠져나가니 베란다가 이렇게 넓었나 싶을 정도로 환해졌다.

"이 공간을 이렇게 다시 볼 줄이야. 이제 승현이가 마음대로 왔다 갔다 할 수 있도록 문도 열어놔야겠다. 장난감도 놓아주고."

항상 가리기에 급급했던 작은방 베란다였다. 누가 볼까 봐 아니면 아이가 들어갈까 봐 베란다 문을 꼭 잠그고 커텐으로 가려놨었다. 하지만, 이제 베란다를 가리는 용도의 답답한 커튼은 필요 없다. 자꾸만 들어가 보고 싶고, 자꾸만 쳐다보고 싶은 방이 되었다. 남편 역시 만족했다. 낚시용품들을 하나하나 정리하면서 필요 없어진 루어, 가방, 낚싯대를 중고장터에 팔고 나누며 소소한 용돈벌이를 했고, 꼭 필요한 루어만으로 공간을 채웠다. 어느 날 정리가 끝난 남편이 낚시용품들을 정리한 공간을 보여주며 말했다.

"어때? 보기 좋지? 왜 미니멀, 미니멀 하는지 알겠네. 정리하고 비우니깐 보기에도 훨씬 좋고 내가 가지고 있는 루어들이 다 파악돼서 더 효율적이기도 해. 나도 이제 낚시용품 미니멀 라이프 시작이다!"

비우고 채우고 팔고 다시 사고, 아직 남편의 낚시 세계관을 다 이해할 수는 없지만 전보다 확실히 택배가 줄었고, 다용도실은 소수정예의 낚시용품이 보기 좋게 자리 잡고 있다.

미니멀 라이프 비움지도 만들기

비움도 계획을 세우면 조금 더 쉽고, 체계적으로 실천할 수 있다. 어떤 공간을 언제, 어떻게 비울지 고민이라면 미니멀 라이프 지도를 만들어본다. 계획을 짜서 하면 확인하기도 편하고 실천하기에도 좋다.

1. 집 안에서 비우고 싶은 공간을 주방, 거실, 작은방, 큰방, 옷방, 화장실, 신발장 등의 큰 구역으로 나눈다.

2. 나눈 구역에서 비우고 싶은 곳을 상세하게 모두 적는다. 예를 들어, 주방은 싱크대 상부장과 하부장, 서랍, 냉장고 냉장실과 냉동실, 식탁 위 등으로 나누고 거실은 거실장, 테이블 등으로 옷방은 붙박이장, 행거, 리빙박스 등으로 자신이 비우고 싶은 공간을 세부화해서 꼼꼼히 적는다.

3. 비우고 싶은 공간을 우선 순위에 따라 마인드맵 형식으로 만든다.

4. 하루에 한 공간 혹은 일주일에 한 공간씩 자신의 비움 속도에 맞추어 비우고 정리한 공간을 마인드맵에서 지운다.

5. 마인드맵의 모든 공간이 지워질 때까지 비움을 반복한다.

6. 비움지도의 예로, 다음 쪽과 같은 가지치기 방법, 세분화하기 방법 등이 있다.

가지치기 방법

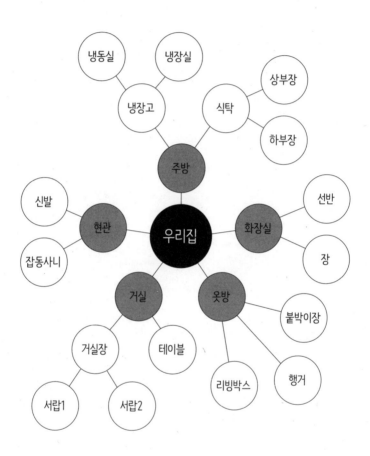

세분화하기 방법

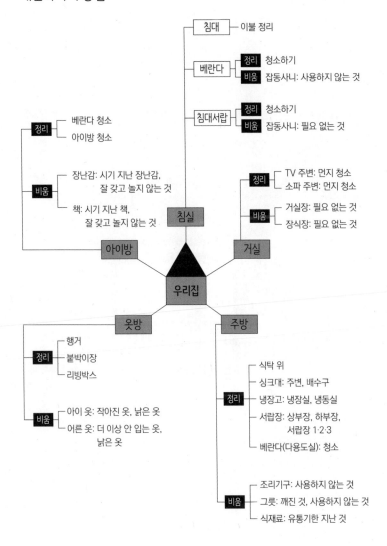

2부 │ 너도 할 수 있어! 제로 웨이스트 생활

중고거래는
제로 웨이스트다

아이 덕분에 미니멀 라이프와 함께 제로 웨이스트 생활까지 하게 되었다. 자연을 사랑하는 아이를 위해 소중한 자연을 오래도록 지켜주고 싶었다. 그래서 내가 할 수 있는 일을 찾기 시작했다. 일회용품 덜 사용하기, 플라스틱 사용 줄이기, 길가에 떨어진 쓰레기 줍기, 생활용품 최대한 재활용하기, 그리고 절약하기.

일상생활에서 제로 웨이스트를 실천할 수 있는 일은 사실 많이 있다. 사소한 일부터 약간의 노력이 필요하거나 꽤 힘든 일까지…. 어쩌면 '나도 제로 웨이스트 생활을 해야겠다'라고 마음 먹기 이전부터 이미 제로 웨이스트를 실천하고 있었는지도 모른다. 제로 웨이스트를 실천하는 하나의 예로 '중고거래를 하는 일'이 있다. 중고거래는 가장 흔히 접할 수 있는 제로 웨이스트 방법이다. 나에게 필요 없는 물건은 곧 쓰레기가 된다. 남에게 필요 없는 물건도 곧 쓰레기가 된다.

이렇게 물건을 사고 팔다 보면 필요한 물건을 저렴한 가격에 얻을 수 있고 필요 없는 물건을 비움으로써 금전적 이익까지 챙길 수 있으며, 동시에 쓰레기까지 줄일 수 있다. 꿩 먹고 알 먹고, 도랑 치고 가재 잡고, 누이 좋고 매부 좋은 일.

나는 중고물건에 편견이 없다. 아니 편견이 없는 걸 넘어 중고거래를 좋아한다. 제로 웨이스트를 실천하기 전에도 물건이 필요할 땐 중고장터를 먼저 둘러보곤 했었다. 새것은 아니지만 멀쩡한 물건을 저렴한 가격에 살 수 있었으니깐. 미니멀 라이프를 시작하고 물건 사는 일은 현저히 줄었지만, 아이의 물건을 사거나 팔 때는 아직도 중고거래를 애용한다. 유아용품은 계속 바꿔줘야 하고, 시기마다 필요한 게 생기기 마련이다. 금방 자라는 아이 옷은 한 철에 한 번씩 장만해야 한다. 장난감은 거의 사지 않지만, 꼭 필요한 경우가 있다. 이럴 때 모두 중고장터를 이용한다. 가격에 대한 부담도 덜고, 원할 때 바로 가져올 수도 있다. 버리는 옷 쓰레기와 함께 덤으로 물건을 살 때 나오는 포장 쓰레기까지 줄일 수 있다.

사실 우리 집에서 중고물건을 가장 잘 활용하는 사람은 내가 아닌 아들이다. 태어날 때부터 제로 웨이스트를 실천하고 있다 해도 과언이 아닐 정도로. 비록 자신의 의지로 하는 것은 아니어도 엄마의 일에 열심히 동참하고 있다. 하루 두 번 대나무 칫솔로 양치하기, 눈에 보이는 쓰레기 줍기, 물려받은 옷 잘 입기, 물려받은 장난감으로 잘 놀기. 가끔은 나와 함께 장난감(버려졌지만 상태가 좋은 것)을 주워 오기도 한다. 우리 아이 장난감은 90%가 중고다. 좋은 이웃과 좋은 동네를 만나 가능한 일이었을지도 모른다. 아이는 불평불만 없이 물려받은 장난감들을 사랑해준다.

"이 장난감 지용이 형아가 승현이 준 거지? 승현이 이 자동차 너무 좋아. 재미있다!"

아이와 딱 1년 차이 나는, 이웃집 언니 아들의 옷과 신발은 작아지면 우리 집으로 온다. 그러면 승현이가 한 철 잘 사용하고 다른 동생에게로 보낸다. 나이 차이가 많이 나는 형들은 시시해진 자동차 장난감을 승현이에게 물려준다. 비록 세월의 흔적이 묻어 있지만, 아직 장난감을 험하게 다루는 아이에게는 제격이다. 가끔 아이에게 '내가 너무 새 걸 안 사주나'라는 생각이 들 때가 있다. 하지만, 새것을 잘 사주지 않는 이유는 아이를 사랑하지 않아서도 아니고, 돈이 아까워서도 아니다. 행복하게 사용할 수 있는 물건이 충분하기 때문이다. 물려받은 물건은 감사하게 사용하고, 다시 물려줄 이들을 위해 소중히 사용한다.

어느 날 밤 친한 이웃 언니가 자전거 사진 한 장과 메시지를 보냈다.

'이번에 맘카페에서 자전거 드림(본인이 사용하지 않는 물건을 나눠준다는 뜻으로 맘카페 등에서 많이 쓰는 말)한대! 승현이 필요해? 내가 우선 줄 서 놨어.'

마침 아이의 자전거가 작아져서 발이 끌렸는데, 그 모습을 본 언니가 중고장터에서 무료로 준다는 자전거를 보고 승현이 생각이 나서 예약을 했다는 것이다. 사진을 보니 상태도 괜찮았다.

다음 날 아침, 집에서 15분 거리인 옆 동네로 자전거를 찾으러 갔다. 조금 녹이 슬고 거미줄이 군데군데 있었지만, 바퀴를 굴리는 데는 전혀 지장이 없고 버튼을 누르면 노래까지 나오는 자전거였다. 크기도 아이에게 딱이었다. 그날따라 자전거를 보여줄 생각에 아이의 하원 시간이 기다려졌다. 하원 후, 뽀로로 자전거를 본 아이는 기쁨을 감추지 못하고 자전거에서 흘러나오는 노래에 맞춰 뱅글뱅글 돌며 춤을 추기 시작했다.

"우와! 뽀로로 자전거다! 노래도 나온다! 뽀로로 자전거 타볼래요."

아이는 내 예상보다 훨씬 더 좋아했다. 바퀴엔 미처 제거하지 못한 거미줄이 있었지만…. 아이와 중고 자전거를 타고, 아파트를 산책했다.

"이모, 승현이 뽀로로 자전거 생겼어요! 노래도 나와요."

"어머~ 승현이 멋진 자전거 생겼네. 너무 좋겠다."

그렇게 좋아하는 아이를 보니 나도 뿌듯했다. 아이에게 고마웠다. 깨끗하고 빛나는 자전거가 아니라도 진심으로 행복해하는 아이였다. 우리 집에서 제로 웨이스트를 가장 잘 실천하는, 우리 집 꼬맹이.

그 밖에도 많은 옷과 킥보드, 자동차, 장난감, 자전거까지…. 물려받아서 잘 사용할 수 있다는 것에 감사하다. 그리고 물려받은 물건을 마치 새것인 마냥 좋아하며 잘 사용해주는 아들이 고맙고 대견하다.

껍데기는 가라, 알맹이만 구입하기

요즘 제로 웨이스트 가게를 곳곳에서 심심찮게 볼 수 있다. 온라인에서만 판매하던 제품들을 직접 보고 체험하거나 곡물, 세탁세제, 화장품, 견과류, 기름 등을 리필해서 살 수도 있다. 개인 포장용기에 담아 내용물만 사 가는 방식이다. 주로, 그램당 가격을 측정하고, 총 무게를 재어 제품을 구입한다.

친환경 주방용품, 리사이클 가방, 일회용이 아닌 다양한 빨대, 밀랍랩, 비건 화장품, 천연 비누, 다회용 화장솜, 고체 치약, 대나무 화장지 등 플라스틱이나 일회용품처럼 환경을 해하는 제품이 아닌, 환경을 위한 물건들이기 때문에 지구와 나를 지키는 현명한 소비가 가능하다. 우린 일회용이 아니다.

우리는 줍줍러

재활용을 하는 방법 중 하나는 쓰레기장을 이용하는 것이다. 쉽게 말해 버려진 물건을 다시 쓰는 방법이다. 쓰레기장은 가끔 보물창고가 된다. 멋진 백화점 표도, 대형할인점 표도 아니지만, 충분히 털고 씻고 닦아서 쓰면 아무 이상 없는 물건들이 꽤 많다. 운이 좋으면 가끔 새 물건을 구할 수도 있다. 우리 집에는 내가 쓰레기장에서 득템해 온 것들이 많다, 물론 "이거 쓰레기장에서 주워 왔어."라고 말하지는 않는다. 쓰레기장 표라고 하면 괜히 더럽다는 편견을 가질 수도 있고, 뭐 이런 걸 주워 오냐며 안 좋아하는 사람도 있기 때문이다. 다행히 남편은 쓰레기장 표에 편견이 없다. 우리 집엔 남편이 들으면 "이것도 주워 온 거라고?"라며 깜짝 놀랄 만한 물건이 꽤 있다. 몇 가지 고백을 하자면, 주방에서 높이 있는 물건을 꺼낼 때 사용하는 발 받침대, 안방에서 책꽂이로 사용하고 있는 바구니, 옷방에 있는 유리 꽃병, 아이 방의 자동차 장난감과 색연필을 보관하는 통, 냉장고의 냉동제품을 소분하는 용도로 사용하는 용기 등…. 집 안 곳곳에서 일명 쓰레기장 표를 잘 사용하는 중이다.

　나도 내 기준에 맞춰서 고르기 때문에 아무거나 주워 오진 않는다. 첫 번째로 우리 집에 꼭 필요한 것인가를 생각하고, 다음으로 상태가 괜찮은 것인가를 따지며, 마지막으로, 잘 쓸 만한 것인가를 생각하고 이 세 가지가 만족되면 그때 주워 온다. 바깥에서 먼지들을 잘 털어내고 집에 와서 깨끗하게 씻고 닦는다. 알코올로 소독도 한다. 우리 집에는 필요가 없지만 괜찮은 물건들이 버려져 있으면 지인들에게 전화도 한다.

　"언니, 누가 책장 버렸는데, 상태가 꽤 좋아요!!"

　"그래? 사진 한번 보낼 수 있어?"

　"언니, 소파 필요하다고 하지 않았어요?"

　"그럼 내가 그쪽으로 보러 갈게!"

　"언니, 이건 주워 가야 해요! 도와줄게요."

　"그래, 가져가자."

　친언니보다 더 친언니 같은 동네 언니들과의 일상대화다. 서로 필요한 물건을 잘 알고 있기에 나눌 수 있는 말이다. 모두 쓰레기장 표에 편견이 없는 편. 우리는 서로를 '줍줍러들' (쓰레기장에서 상태 좋은 물건을 발견했을 때 줍는 사람들을 우리끼리 부르는 말)이라고 칭한다. 실제로 우리는 덕분에 공짜로 필요한 물건을 쓰레기장에서 득템한 적이 많다. 책장, 소파, 아이 장난감까지…. 군인 아파트 특성상 남편들의 부대 이동에 맞춰 급하게 이사를 다녀야 해서 아파트 분리수거장엔 그냥 버리기 아까운 물건들이 자주 나온다. 우리 집에 있는 아이 전집도 우연히 분리수거를 하러 가는 날에 발견해 주워 온 것이다. 그날 운이 참 좋았다. 처음에 쓰레기장 표라는 사실을 남에게 말하기 부끄러웠다. 어느 날, 우리 집에 놀러 온 이웃 언니가 주워 온 전집을 보며 물었다.

"오, 전집 샀어? 언제 샀어? 몇 권 빌려 가도 돼?"

나는 주워 왔다는 말을 선뜻 하지 못했다. 언니가 그걸 알면 어떻게 생각할까라는 생각이 먼저 들었기 때문이다(그땐 우리가 친해지기 전이었다).

"그게… 사실, 산 건 아니고… 어제 분리수거하러 갔다가… 있길래… 상태도 좋아 보여서…."

"주워 온 거라구? 완전히 새것 같네. 잘 주웠다. 잘했어! 나도 앞으로 잘 살펴봐야겠다."

그날 알았다. 언니가 편견 없는 사람이라는 것을. 오히려 칭찬을 들으니 마음이 놓였다. 그 뒤로 우리는 중고거래도 함께하고, 쓰레기장에 좋은(?) 물건이나 필요한 물건이 나오면 서로 알려주기 바빴다.

'주워 오는 일'은 부끄러워할 게 아니었다. 나는 쓰레기장에 있는 걸 주워서 쓰는 게 전혀 부끄럽지 않다. 오히려 버려질 물건들이 필요한 주인을 만나 다시 잘 쓰이는 것이니, 일종의 제로 웨이스트라고 생각한다. 집에 있는 중고물건을 자랑하지는 않지만 그렇다고 숨기지도 않는다. 앞으로도 쓰레기장 표를 잘 애용할 생각이다.

제로 웨이스트 실천가인, 아이의 소중한 중고물건들을 소개하자면 첫 번째는 폴리 바람개비 풍선으로 놀이동산이나 공원에 가면 5천 원에 파는 핫 아이템이다. 분리수거를 하러 갔다가 쓰레기더미 맨 위에 버려져 있어서 냉큼 주워 왔다. 바람도 빵빵하게 들어 있고 상태도 깨끗했다. 잘 씻어서 말린 뒤, 아이가 하원하고 집에 왔을 때 "짜잔, 폴리 바람개비야. 선물이야." 하며 주웠다. 물론 주워 왔다고 말했다. 주워 온 것을 전혀 상관하지 않는 프로 제로 웨이스터 아들은 엄청 좋아했다. 함께 손을 잡고 거실을 뛰어다니면서 바람개비가 돌아가는 모습을 보고 한참 신나게 놀았다. 폴리 바람개비는 아직도 아이 방 베란다에 자리 잡고 있다. 캠핑이나 놀이공원에 갈 때 꼭 챙겨 가는 아이템이다.

다음은 미니 유리 밀폐용기다. 어린이집에 아이를 데리러 가던 중 우연히 쓰레기장을 지나다 보니 새것처럼 보이는 유리 반찬통이 여러 개 버려져 있었다. 그중 사용 흔적이 없는 것으로 필요한 사이즈 두 개를 주워 와서 깨끗하게 씻었다. 작은 사이즈여서 아이가 먹고 남은 반찬이나 아이가 좋아하는 블루베리를 한 번 먹을 양으로 담아 보관할 때 제격이었다. 지금 우리 집에서 가장 잘 사용하고 있는 반찬통이다.

세 번째는 아들 방의 와플 블록이다. 그날은 정말 운이 좋았다. 분리수거를 하러 쓰레기장에 갔는데 40여 개의 와플 블록이 플라스틱 분리 칸 맨 위에서 '반짝반짝' 빛나고 있었다. 상태도 A급. '오늘도 득템이구나'라는 생각에 얼른 우리 집 쓰레기를 비우고 분리수거통에 차곡차곡 담아 왔다. 그 블록으로 기차부터 주차장, 자동차, 높은 빌딩까지 만들어 보며 너무 잘 가지고 놀았다. 지금은 이웃 동생에게 물려주었다.

마지막으로는 아이가 직접 쓰레기장에서 주워 온 대형 자동차 장난감 두 개. 비 오는 날 하원하다가 쓰레기장에 버려진 자동차를 아들이 먼저 발견했다.

"엄마, 빠방이다. 빠방. 집에 가져갈래요!"

비를 약간 맞은 탓인지 비록 소리는 나지 않았지만, 가지고 놀기에는 멀쩡했다. 집에 와서 한 번 닦아주니 새 장난감이 생겼다고 좋아했다. 다음 날도 그다음 날에도 아이는 자동차를 주웠던 쓰레기장 쪽을 지나 집으로 가자고 했다. 또 마음에 드는 장난감이 있는지 없는지 살펴보는 듯했다. 그러

고 며칠 뒤, 버려진 대형 버스 장난감이 아이 손에 들려 우리
집으로 왔다.

"엄마, 닦아주세요!"

아이는 아직도 가끔 자동차 장난감을 득템해 온 기억이 남
아있는지 쓰레기장 쪽을 지나 집으로 온다.

이런 게 중고거래와는 또 다른 쓰레기장 표의 매력이다.

전자 영수증 신청하기

　하루에 발생하는 종이 영수증은 우리나라에서만 약 4000만 건이고, 그중 약 90%는 쓰레기통으로 간다고 한다. 이런 종이 영수증을 전자 영수증으로 대신하면 불필요한 종이 사용을 줄여 환경을 보호할 수 있다. 매년 2만 2500그루의 나무를 벌목하지 않아도 된다. 나무 한 그루가 연간 2.5톤의 이산화탄소와 35.7그램의 미세먼지를 흡수하는 점을 고려하면 꽤 많은 이산화탄소와 미세먼지 제거 효과까지 누릴 수 있다. 그리고 종이 영수증을 맨 손으로 만지면 환경호르몬인 비스페놀 A(우리 일상 생활 주변에서 널리 사용되는 플라스틱 물질을 만드는 단위체로 우리 건강을 위협한다는 주장이 많이 제기되고 있다.) 체내 농도가 약 두 배 높아진다고 한다.

　"영수증은 버려주세요."라고 말하는 대신, "영수증은 됐어요."라고 하고 전자 영수증으로 확인하면 어떨까?

슬기로운
텀블러 생활

"내 텀블러도 하나 챙겨줘!"

외출하기 전 남편이 말한다. 이제 내 가방 속에는 텀블러 세 개가 필수 아이템이다. 남편은 어느 날부터인가 앞으로 환경을 지키는 일에 동참할 거라며 텀블러를 챙기기 시작했다. 출근할 때도, 놀러 갈 때도 나보다 더 잘 챙겨 다닌다.

외출할 때 자연스럽게 텀블러를 가지고 다니기까지 생각보다 꽤 긴 시간이 걸렸다. 안 챙기던 걸 가지고 나가는 일은 생각만큼 쉽지 않았고, 약간 귀찮은 일이었다. 가뜩이나 아이 짐(기저귀, 아이 간식, 여벌 옷, 가끔 아이 장난감 등)도 많은데 텀블러까지 챙기는 것이 벅찼다.

'오늘은 아이 짐이 많으니깐 텀블러는 다음에 챙기지 뭐', '오늘은 귀찮으니깐 그냥 나가야겠다'

모른 척 일부러 안 가지고 나갈 때도 있었다. 물론 정말 깜박할 때도 있었다.

사실 그때는 몰랐다. 일회용 테이크아웃 컵이 재활용이 안 된다는 사실을…. 그래서 텀블러를 챙기는 데 적극적이지 않았던 것 같다. 테이크아웃 컵은 플라스틱이니깐 당연히 재활용되고, 분리수거만 잘하면 되는 줄 알았다. 그러다 우연히 일회용 플라스틱 컵은 재활용이 되지 않는다는 기사를 보았다.

아직 많은 사람들이 잘 모르는 사실이다. 우리는 플라스틱 컵을 분리수거해서 배출하지만 정작 선별과정에서 탈락해 매립된다. 지금 사용되는 플라스틱 컵들의 색깔은 투명하지만 만들어지는 플라스틱 재질은 모두 다르다. 또 컵에 새겨진 로고나 그림들은 따로 벗겨내는 데 별도의 번거로운 공정이 필요하다. 이때 2차 환경오염이 발생할 수도 있으며, 비용 또한 많이 들어서 대부분 재활용을 포기하고 매립된다. 2015년 기준으로 한국에서만 연간 257억 개의 일회용 플라스틱 컵이 사용되었고, 이는 대부분 일반 쓰레기로 버려졌다.

'그동안 내가 마시고 버린 플라스틱 컵들은 어디에 묻혀 있을까….'

쓰레기만 잘 버리고, 분리수거만 잘 하면 된다고 생각했던 나였다. 재활용되지 않는 플라스틱들이 산을 이루고 있다. 편리함을 위해 무심코 사용하던 플라스틱 컵이 불러오는 환경오염은 엄청나다. 사용이 끝난 플라스틱들은 내 손에서만 사라질 뿐 우리가 사는 지구에서는 사라지지 않는다. 플라스틱은 인간과 환경에 심각한 악영향을 끼치고 있다. 매립되는 플라스틱이 분해되는 데 200~400년이란 시간이 걸리며, 분해되지 않는 플라스틱은 물과 만나 독성 물질을 배출하고, 토양과 지하수로 흘러 들어간다. 또한, 햇빛에 노출되면서 불꽃들이 튀는데 여기서 유해물질이 방출되어 지구온난화에 영향을 미친다고 한다. 이 사실을 안 이후로 텀블러를 조금 더 신경 써서 챙기기 시작했고, 텀블러가 없는 날은 커피 마시기를 포기했다.

이제 텀블러는 내 가방 속 필수품이 되었다. 가방이 약간 무거워진다는 단점 하나만 빼면 이점이 훨씬 많은 텀블러다. 외출하기 전날 미리 텀블러를 가방 속에 넣어 놓거나, 아예 차 안에 두기도 한다. 집에 있는 텀블러를 잘 가지고 다니기 시작하면서 예쁜 텀블러에 관심이 생기기 시작했다. 용량뿐만 아니라 색깔과 디자인도 신경이 쓰였다. 그러다가 '이참에 내 마음에 드는 예쁜 텀블러나 하나 장만해볼까?'라고 생각하며 텀블러를 구경하던 중 그런 마음을 사라지게 하는 기사를 보았다. 텀블러를 사용하는 것으로 일회용품을 줄여 환경을 보호하는 것은 맞는 말이다. 하지만, 이건 하나의 텀블러를 오래 사용할 때만 해당이 된다. 텀블러는 만들 때, 일회용 컵보다 온실가스와 같은 오염물질을 더 많이 배출한다. 자주, 오래 사용하지 않으면 오히려 환경에 독이 될 수 있다는 것이다. 텀블러를 폐기할 때도 플라스틱보다 더한 오염물질을 배출한다. 일회용품을 줄이기 위한 목적으로 사용이 권장되고 있기에 매출이 증가하는 추세지만 실제로 텀블러를 가지고 다니면서 사용하는 사람은 텀블러 판매량에 비해 턱없이 부족하다고 한다. 텀블러를 기념품이나 인테리어 용도로 모으는 사람들도 적지 않고, 유행에 따라 텀블러를 사는 사람이 많다는 의미이다. 이렇게 텀블러를 가지고 있는 사람은 많지만, 무겁고 세척이 귀찮다는 이유로 실제로 가지고 다니는 사람은 드물다. 텀블러를 산다고 환경을 보호하는 게 아닌 것이다. 텀블러를 자주 사용해서 일회용 컵의 소비를 줄일 때, 환경오염도 줄일 수 있는 것이다. 유리 재질의 텀블러는 15회 이상, 플라스틱 재질은 17회 이상, 세라믹 재질은 39회 이상을 사용했을 때 비로소 환경에 도움이 된다고 한다. 가지고 있는 텀블러를 아끼고 오래도록 사용해서 진심으로 환경을 지켜야겠다고 마음 먹은 후 예쁜 텀블러 쇼핑은 끝났다.

귀찮은 걸 정말 싫어하는 나도 변하고 있다. 마음이 불편한 것보다 약간 귀찮은 게 더 낫다고 생각한다. 처음엔 어렵지만 꾸준히 반복하다 보면, 습관은 생활이 될 것이고, 그 생활이 우리와 미래의 아이들이 살 세상을 좀 더 살 만하게 만들 것이다.

유행 따라가다가 미세플라스틱 옷 입는다

빠르게 변하는 유행에 따라 패션 트렌드도 빠르게 바뀐다. 최신 트렌드를 즉각 반영해 저렴한 가격으로 빠르게 유통하는 의류를 '패스트 패션'이라고 한다. 옷의 품질이 낮아 몇 번 입지 못하고 버려지는 경우가 많다. 주요 소재는 합성 섬유로 염색 과정에서 수질과 토양을 오염시키며, 세탁 과정에서 미세플라스틱을 배출하기도 한다. 영국 의회는 패션업계를 온실가스 배출의 주범으로 지목하기도 했다.

의류 자체뿐만 아니라 생산에서 세탁 과정까지(석유화학제품으로 만들어진 섬유는 폐기 후에도) 화학물질과 미세플라스틱을 방출한다. 특히 합성 혼방 니트의 경우 섬유 속 미세플라스틱이 대량 떨어져 나온다고 한다. 실제로 영국의 한 연구진이 점퍼나 스웨터 등 합성섬유 의류를 세탁기에 넣고 돌린 뒤 정밀 분석한 결과 다량의 미세플라스틱이 검출됐다. 미세플라스틱은 해양생물을 위협하고, 먹이사슬로 인간에게까지 악영향을 미친다. 이렇듯 패스트 패션은 환경오염에 있어 큰 문제로 다뤄진다.

이와 반대로 최근에는 환경오염의 심각성을 인식하고 친환경과 패션을 접목한 '에코패션'이 주목받고 있다. 이는 지속가능한 패션이라고도 하는데, 환경자원을 파괴하지 않고 환경 친화성 소재*를 사용한다. '에코패션'이 단순한 유행이 되지 않도록 하는 것은 소비자인 우리의 노력에 달렸다. 환경을 위해, 건강을 위해 유행보다는 지속 가능한 패션에 관심을 가져보면 어떨까?

* 환경 친화성 소재 인증을 받기 위해서는 에너지 보존, 환경오염 감소, 인체 유해물질 감소의 세 가지 요소가 충족되어야 한다. 대표적으로 유기농법 면, 그린코튼, 리오셀, 유기농 양모 등이 있다.

나도 설거지에
지분이 있다고!

드디어 펌핑식 액체 주방세제가 떨어졌다. 옳다구나 하고 요즘 제로 웨이스트를 실천하는 주부들이 사용한다던 고체 설거지 비누를 구입했다. 일명 설거지 바라고 한다.

그날 저녁, 설거지를 하던 남편이 외쳤다.

"주방세제 어딨어?"

"거기 걸려 있잖아. 그 비누가 주방세제야."

"…"

설거지가 끝나고, 남편이 꽤 불만을 가진 얼굴로 나를 불렀다.

"주방세제가 왜 고체비누야? 불편해. 거품도 잘 안 나는 거 같아."

"이거 그냥 비누가 아니고 설거지 전용 비누야. 성분도 안전하고, 환경도 보호할 수 있는 친환경 비누라고."

"그래도 한마디 상의도 없이 갑자기 바꾸면 어떻게 해!"

"잔류 세제가 얼마나 안 좋은데…. 그리고 플라스틱 용기는 잘 썩지도 않는대. 좋은 성분으로 만든 설거지 비누 사용하면 좋은 거 아냐?"

"무슨 말이야! 그래도 상의는 했어야지. 나도 설거지에 지분이 있는데!"

그렇다. 우리 집 설거지는 남편의 지분이 크다. 저녁 식사 후엔 특별한 일이 없으면 거의 남편이 설거지를 한다. 그런데 요즘 쌓였던 게 많았나 보다. 친환경에 관심이 많아진 나는 남편에게 말도 없이 수세미를 천연 제품으로 바꾸고, 주방세제도 비누로 바꿨다. 남편은 한마디 상의도 없이 바꾼 게 속상하고 불만이라고 했다. 얼마 전에 바꾼 수세미도 이제야 적응했는데, 누르면 나오는 편리한 주방세제를 불편한 비누로 갑자기 바꿔서 불만이 터졌다고 했다.

"남편의 설거지 지분이 큰데, 내가 잘못했네. 다시 액체 세제 사다 놓을까?"

"됐어! 설거지 바가 좋은 거라면서. 앞으로는 바꾸기 전에 꼭 말해줘."

나는 바로 사과를 했고, 남편의 생각도 잘 알게 되었다. 현재 남편은 친환경 수세미와 설거지 비누를 잘 사용하고 있다.

나는 주방세제에 특히 예민하다. 잔류 세제가 무섭기 때문이다. 깨끗하게 하려고 썻는 그릇에 오히려 세제가 남아 있다는 정보를 접하고는 더 큰 충격을 받았다. 사람들은 보통 식기에 남은 잔류 세제를 1년에 소주 세 잔 정도 섭취한다고 한다. 10년이면 소주 다섯 병 분량이다. 그 사실을 알고부터 거의 최소한의 세제로 설거지를 했고, 기름기 없는 그릇은 뜨거운 물로만 깨끗하게 헹궈냈다. 뜨거운 물로 설거지를 하면 세제를 많이 쓰지 않아도 뽀드득한 설거지를 할 수 있다.

세제를 거의 안 쓰는 설거지를 하지만 세제가 꼭 필요한 경우도 있다. 그럴 때는 조금 비싸더라도 먹어도 안심이고, 과일까지 세정 가능한 1종 주방세제를 사용했다. 그러다가 쓰레기 줄이는 생활을 하니 주방세제를 담는 플라스틱 통이 거슬리기 시작했다. 그래서 알게 된 고체비누 세제이다.

지금 사용하는 설거지 바는 우연히 설거지 비누를 검색하다가 후기가 좋아 선택하게 되었다. 시중에 파는 수많은 액체 제품은 편리하게 쓰려고 고체에 각종 화학 성분과 계면활성제를 사용해 만든 것이다. 반면, 실거지 바는 환경과 자연에 부담을 주지 않는 재료와 성분으로 만들어져 남은 잔류 세제에 대한 걱정을 줄여준다. 항상 세제를 쓰고 난 뒤 남는 플라스틱 쓰레기의 부담도 함께 덜었다. 포장재 역시 비닐 대신 종이이며, 친환경 소재로 물에 녹는 옥수수 완충재를 사용한다. 아이와 함께 이 옥수수 완충재로 촉감 놀이를 하고 물에도 녹여보며 신나게 놀기도 한다.

　나는 고무장갑을 끼는 걸 안 좋아해서 맨손으로 설거지 하는데, 설거지 바는 건조함도 덜하다. 가끔 외출 후 설거지 바로 손을 씻을 때도 있다. 액체 세제만큼 거품이 많이 나지는 않지만 비누만의 뽀득함이 있어서 좋다. 가격이 저렴해서 경제적인 면에서도 좋다. 대용량을 구매해 6등분으로 잘라서 사용하고 있는데 꽤 오래 쓸 수 있다. 설거지 바로 바꿔서 잔류 세제의 위험성에서도 벗어나고, 조금이나마 환경도 보호할 수 있어서 참 다행이다.

귀선이 제안하는 제로 웨이스트 4
물을 저축하자

  한국은 UN이 지정한 물 부족 국가이다. 하지만 우리나라 1인당 물 사용량은 유럽의 2배 수준인, 하루 평균 약 280L라고 한다(세계 평균 1인당 물 사용량은 하루 110L이다). 깜짝 놀랄 만큼의 양이다.

  물 절약을 위해 설거지, 샤워, 양치질 할 때 수압을 약하게 조절하면 사방팔방으로 튀는 물을 아낄 수 있다. 양치질할 때 손으로 받아서 하는 대신 컵을 쓰거나 설거지를 할 때 통에 물을 받아놓고 하는 것도 좋다. 그 밖에 변기에 절수 레버를 설치하는 방법, 쌀뜨물을 모아 화초에 물을 주고, 요리수로 활용하거나 설거지할 때 이용하는 방법, 세탁을 할 때 한꺼번에 모아서 하는 방법도 있다.

까다로운 남편의
눈에 든 화장지

"화장지가 이상해. 너무 얇아서 많이 써야 하고, 먼지도 너무 많이 나! 그리고 너무 거칠어! 화장지에서 나는 향도 너무 강해서 마음에 안 들어."

웬만해서는 아무(?) 생필품이나 잘 쓰는 남편이 말했다. 변비가 있는 나와 달리 장이 건강한 남편은 화장지에 민감하다. 그래서 우리 집 화장지 통과 기준은 엄격하다. 반면 나는 화장지에 무디다. 떨어질 때마다 세일하는 제품으로, 싸고 양이 많은 것을 골랐다. 그날도 화장지가 떨어져서 주문하려고 검색하다가 눈에 띄는 저렴한 가격에 양이 많은 화장지를 주문했는데, 결과는 싼 게 비지떡이었다.

'어쩐지 너무 싸더라니… 아직 한 박스나 남았는데….'

"화장지만큼은 싼 거 말고, 좋은 거 사서 쓰자. 쓸 때마다 기분이 안 좋고 이상해."

남편의 화장지에 대한 진심 어린 충고를 들어가며, 화장지가 어서 떨어지기를 기다렸다. 다행인 건지 질이 안 좋은 화장지는 얇은 탓에 금방 다 썼다. 이번엔 좋은 화장지를 사보리라. 검색을 시작했다. 제로 웨이스트와 상관없이, 화장실 볼일 후 화장지는 필수이기에 사지 않을 수 없었다. 좋은 화장지, 이왕이면 친환경적인 화장지를 찾기 위해 쇼핑하고 있을 때, 하나의 광고가 눈에 들어왔다.

'환경친화적인 동시에 우리에게도 안전한, 착한 화장지'

그동안은 최대한 적게 쓰고, 아껴 써서 쓰레기를 줄여야 환경친화적이 아닌가라는 생각으로 화장지를 아껴서 사용했다. 화장지의 대체품으로 아이 가제 수건을 잘라 사용하거나 행주와 걸레를 사용하고 빨아 쓰기도 하면서. 하지만, 화장실에서만큼은 화장지를 포기할 수 없었다. 가격이 너무 싼 건 이제 믿을 수 없고, 조금 비싸더라도 쓸 만한 화장지를 찾고 있었는데, 친환경 화장지가 존재한다는 것이었다. 바로 대나무 화장지였다. 대나무로 화장지를 만든다는 사실은 처음 알았다. 대나무는 나무가 아니라 풀로 구분된다는 사실도. 대나무 풀은 외떡잎식물로 90일이면 25m까지 자라나 성장 기간이 6~20년인 나무보다 훨씬 많은 양의 화장지를 만들어 낼 수 있다고 했다. 친환경 자원으로 지속적인 재배와 생산이 가능하며, 대나무 화장지를 사용하면 우리나라에 500만 그루의 나무를 심는 것과 같은 효과도 있다는 것이다.

세계적으로 매년 150억 그루의 나무가 잘리는데 1년 동안 지구에서 사라진 숲은 벨기에 면적과 맞먹는 3만 6천㎢에 이른다고 한다. 또, 국립보건환경연구소 자료에 따르면 일반적으로 우리가 쓰는 화장지는 형광증백제를 사용해 하얗게 만드는데, 그 화학 성분들은 아토피, 피부질환, 암을 유발할 수도 있으며, 좋은 향을 내기 위해 첨가하는 인공향료는 피부 알레르기, 면역체계에도 이상 영향을 미친다고 한다.

나무로 화장지를 만드는 것은 익히 알고 있었지만, 대나무 화장지를 알고, 자연의 소중함을 다시 한 번 깨닫게 되었다. 화장지에 이렇게 위험한 화학제품을 사용해 만드는 것은 다소 충격적이었다. '화장지가 다 거기서 거기지'라고 생각하며 가격이 싸고 많은 양의 화장지를 골랐던 나였다. 남편의 잔소리를 들어가면서도 대충 썼다. 그런데 하얀 화장지는 깨끗해 보여서 좋아도 화학 성분 덩어리이고, 그동안 깨끗해지려고 닦았던 게 결국 우리 몸과 환경을 더 더럽혔던 것이다.

대나무 화장지를 주문했다. 한 번도 써보지 않았지만, 후기도 꽤 좋았고 조금이나마 환경을 보호할 수 있다는 사실에 지구에게 덜 미안할 것 같았다. 화학첨가물이 들어 있지 않아 90일이면 토양 미생물에 의해 생분해되어 자연으로 돌아간다는 점도 마음에 들었다.

"화장지 새로 샀네. 그런데 색깔이 왜 이래?"

"하얀 화장지는 일부러 화학제품 써서 표백한 거래. 이게 바로 자연의 색깔이지. 무형광, 무표백 우리 몸에도 안전해! 한번 써봐."

"흠흠, 하얀 화장지처럼 엄청 부드럽진 않은데, 그렇다고 거칠지도 않아. 두께도 이만하면 적당하네. 찢을 때 먼지가 안 나서 좋아!"

"그럼 대나무 화장지는 우리 집 화장지로 합격이야?"

"합격!"

화장지 선택에 까다로운 남편이 대나무 화장지를 바로 통과시켰다. 우연히 본 광고 덕에 나무의 소중함과 지구 온난화의 심각성, 새하얀 화장지의 반전까지 알게 되었다. 우리 집은 남편의 눈에 든, 조금 비싸지만 사용감이 좋고 지구도 지키는 대나무 화장지를 쓴다.

필요 없는 메일을 삭제한다면?

필요 없는 전자메일 삭제로 간단히 지구를 보호할 수 있다. 메일함에 쌓인, 읽지 않은 메일은 데이터센터에 저장되면서 에너지를 사용하게 만든다. 데이터센터는 국가별, 기업별로 각각 존재하기 때문에 365일 24시간 내내 열을 내며 가동된다. 이 과정에서 방출되는 열을 식히기 위해 냉각기가 함께 돌아가는데 이때 어마어마한 양의 전기를 사용한다고 한다.

전 세계에서 이메일을 사용하는 인구 23억 명이 전자메일 50개를 삭제하면 862만 5천GB의 저장 공간, 즉 2조 7천6백만kWh의 에너지를 절약할 수 있다. 이것은 1시간 동안 27억 개의 전구를 끄는 에너지 양과 같으며, 우리나라 돈으로 환산하면 약 3천670억 원 정도가 된다.

간단히 필요 없는 메일들을 지우면서 지구를 살려보는 게 어떨까?

내 군복에서
향기가 났으면 좋겠어

"나는 냄새에 민감한 사람이야!"

어느 날 남편이 진지하게 말했다.

남편의 직업은 군인이다. 한여름에도 한겨울에도 똑같은 긴팔 군복을 입고 출근한다.

신혼 초, 어느 여름날 출근을 준비하는 남편의 모습을 보니, 긴팔을 입고 소매를 접어 올리고 있었다.

"군복은 여름용이 없어? 왜 반팔 군복은 없어? 맨날 그렇게 접어 올리려면 귀찮겠다."

군인에 대해 잘 몰랐던 터라 항상 긴팔을 입고 다니는 남편이 안쓰러웠다. 군인은 항상 전쟁을 대비해야 하기에 반팔은 긴팔에 비해 위험해서 그렇다고 했다. 여름에 전쟁이 나면 걷어 올렸던 긴소매를 다시 내려서 입어야 한다고도. 남편은 그렇게 사계절 내내 한 벌의 긴팔 군복을 여름엔 접어서, 겨울엔 펴서 입는다. 겨울엔 그렇다 치고 더위를 많이 타는 데다 여름에는 땀까지 나서 힘들어 보였다. 그래서 여름에 군복 세탁을 더 자주 했다. 그리고 그만큼 세제도 많이 썼다.

　우리 집은 아이용 세탁세제와 어른용 세탁세제를 따로 썼는데, 아이용은 순하고 성분이 좋은 것, 어른용은 마트에서 파는 저렴한 것을 썼다. 어른용 세탁세제를 다 쓴 날 어느 날, 여느 때와 같이 저렴한 세제를 사려다가 문득 우리 몸에 직접 닿는 옷인데 성분이 좋은 세제를 사용해야겠다는 생각이 들었다. 그래서 남은 아이용 세제를 사용했다. 아이용 세제를 다 쓴 후, 성분과 용량 그리고 가격까지 착한 세제를 검색하다가 드디어 마음에 쏙 드는 세탁세제를 발견했다. 미세플라스틱이 없는 친환경 세탁 볼이라는 것이었다. 화학 성분, 미세플라스틱, 환경호르몬, 잔류 세제 걱정이 없는 세제라 아이 옷에도 안심하고 써도 된다, 게다가 한 번 사면 1100번이나 사용할 수 있다고 했다.

　"어머. 이건 사야 해!"

　그런 세탁 세제, 아니 세탁 볼이 존재한다니 신세계였다. 난생처음 보는 생김새에 의심이 들긴 했지만, 후기가 좋고 가격도 합리적이라고 생각해서 주문했다. 그리고 세탁 볼을 사용하면 따로 섬유유연제를 사용할 필요가 없다고 해서 남은 섬유유연제를 필요하다는 이웃에게 보냈다.

세탁 볼은 정말 생김새부터 신기했다. 구멍이 뚫린 공 모양에 속에는 세라믹 볼들이 들어 있었다. 세탁 볼 속의 세라믹 볼들이 원적외선 파장을 생성하고, 이 파장 에너지가 물을 진동시켜 때의 결합을 약하게 만들어서 세탁물 때를 제거하는 원리라고 했다. 내가 이해하기에는 조금 어려운 원리였다. 그렇다면 직접 사용해보는 수밖에. 세탁 볼 두 개를 넣고 빨래를 해보았다. 나름 때도 잘 지워지고, 세탁물에서 은은한 아로마 향까지 났다. 아이 옷을 빨 때도 함께 사용하고 있는데 몇 개월이 지난 지금도 만족하며 잘 쓰고 있다.

가장 좋은 점은 잔류 세제 걱정이 없어진 것이다. 사실 세제를 사용하면서도 그 안에 있는 화학물질이 피부에 안 좋다는 소리를 익히 들어 아이용 세탁 세제를 순한 것으로 따로 사용한 터였다. 그마저도 소량씩만 넣고 빨래를 돌렸다. 그런데 세탁 볼은 화학 성분이 없다고 하니 안심이 되었다. 세제 없이 물과 세탁 볼로만 세탁하기 때문에 간편하고 환경에도 이롭고, 경제적인 측면에서도 매일 빨래를 돌려도 3년이나 사용할 수 있어서 세제보다 더 이익이었다. 이렇게 만족하면서 사용하던 나에 비해 남편은 아니었다.

어느 장마 기간에 생긴 일이다. 꿉꿉한 날이 지속되었고, 빨래가 덜 건조된 날이 며칠 있었다. 2년을 함께 살면서 남편이 세제 냄새를 굉장히 중요시한다는 것을 몰랐다.

나는 항상 빨래를 낮에 한다. 저녁 늦게 오는 남편은 세탁기를 돌릴 일이 없으니, 세탁 볼의 존재도 모르고 있었을 것이다.

"혹시 세제 안 넣었어? 요 며칠 빨래에서 좋은 냄새가 안 나던데 혹시 까먹은 거 아냐?"

세탁 볼에서는 거의 무향에 가까운 은은한 아로마 향이 날 뿐, 세제에서 나는 진한 향기는 찾을 수 없다.

"짠. 우리 집 전용 세탁 볼이야. 이제 우리 집에는 화학 성분 덩어리인 세탁 세제는 없어! 이게 얼마나 좋냐면…."

이때, 나는 남편의 실망스러운 표정을 못 봤다. 우리 가족을 위한 친환경 세제를 찾았고, 세탁 볼을 사용한다는 사실에 뿌듯해서 자랑하듯 남편에게 조잘조잘 설명하기에 바빴다. 가족과 환경을 위한 일이라 생각했기에 남편도 당연히 '잘했네'라고 칭찬할 줄 알았다. 큰 오산이었다.

"왜 마음대로 바꿔? 나는 세탁물에서 좋은 냄새가 나는 게 더 중요한데."

세탁 볼로 바꾼 지 꽤 되었는데, 갑자기 그런 말을 하니 놀랍고, 한편으로는 서운했다.

"뭐, 나만 좋자고 바꾼 건가? 우리 가족을 위해서잖아! 그리고 지금 장마 기간이라 냄새는 어쩔 수 없는 거야!"

그런 일로 남편이 예민하게 굴지 몰랐다. 그동안 자기 군복에서 좋은 섬유유연제 향이 안 나서 아내가 까먹고 안 넣었나 보다 생각했다고 했다. 그리고 그걸 얘기한다는 것을 자기도 요 며칠 깜박했다고 말했다.

"나는 땀이 많이 나는 사람이야. 특히 한여름에도 긴팔을 입어서 남들보다 더 땀이 많이 나는데…. 근무하는 날이면 하루 종일 땀 묻은 옷을 갈아입지도 못하는데 옷에서 향기가 안 나면 땀 냄새가 나서 기분이 안 좋아. 내 군복에서 좋은 향기가 났으면 좋겠어!"

남편 말을 들으니 미안했다. 하지만 자존심이 있던 나는 바로 미안하다고 못 했다. 어쩐지 어느 날부터인지 남편이 출근하고 나간 방에서 향수 냄새가 나더라니. 우리 남편은 좋은 냄새를 중요시하는 사람이다. 아무리 우리 집 살림은 내가 도맡아 해도 남편의 의견도 중요했다.

하지만 나도 세탁 볼은 포기 못 했다. 많은 검색과 연구를 통해 드디어 세탁 볼을 사용하더라도 좋은 향이 나는 방법을 찾았다. 그러고는 남편이 집에 있는 날 세탁기를 돌렸다.

퉁퉁 퉁퉁퉁퉁

"이게 무슨 소리지?"

"무슨 소리긴! 군복이 말끔하게 펴지는 소리지, 덤으로 이제 군복에 향기도 날걸?"

드디어 건조가 끝났다. 막 건조가 끝난 따끈따끈한 빨래를 안고 거실로 왔다. 아직 온기가 남은 뽀송뽀송한 빨래를 만지면 기분이 좋다. 게다가 내가 좋아하는 아로마 향기까지 더하니 빨래할 맛이 났다.

"오? 빨래에 구김이 없네?"

"다 이 양모 볼 덕분이지. 빨래 냄새도 맡아봐!"

며칠 동안 남편과 빨래 전쟁을 하고 있었다. 빨래의 향을 중요시하는 남편은 세탁 볼 대신 세제와 섬유유연제를 사용하고 싶어 하는 눈치였다. 맑은 날엔 세탁 볼을 사용하는 데 아무 문제가 없었다. 장마 기간 무향에 가까운 세탁 볼로 세탁을 할 때 빨랫감에 꿉꿉한 냄새가 남았다. 하지만 세탁세제의 진한 향기로 가려진 세탁물의 냄새는 더 싫었다.

남편은 세탁 볼이 문제라고 했다. 나는 그게 아니고 세탁 방법이 잘못되었다는 것을 증명해야 했고, 빨랫감에서 향기가 나는 방법을 연구해야 했다.

우리 집은 세탁기에 건조기능이 있어서 따로 건조기가 없다. 세탁을 하면서 건조코스까지 자동으로 돌려놓으면 빨래에 아무 이상이 없다. 하지만, 세탁을 마치고 바로 건조하지 않고 젖은 세탁물들을 그대로 두었다가 건조하면 빨래에서 냄새가 난다. 세탁 볼을 사용하고 여러 번 세탁을 돌려본 후 알게 된 사실이다. 그동안은 세제의 진한 향기 때문에 그 냄새를 느낄 수 없었다. 세탁 볼을 사용할 때는 건조코스로 돌리기 전에 그걸 빼줘야 하기 때문에 깜박하게 되면 빨래의 꿉꿉한 냄새를 피할 수 없는 것이다.

물론 세탁 볼을 쓰지 않으면 세탁 볼을 빼낼 필요가 없고 건조까지 한 번에 할 수 있어서 신경 쓰지 않아도 된다. 몸이 조금 더 편할 수 있지만, 마음이 불편하기에 약간의 수고스러움을 참기로 했다. 빨래에 조금 더 신경을 쓰면 우리 가족도, 환경도 지킬 수 있다. 빨래의 향기가 문제였다. 나도 좋은 향이 나는 빨래가 좋다. 하지만 그게 화학 성분의 향이라면 기꺼이 포기할 수 있었다.

이제 우리 집 향기를 책임지는 세탁의 포인트는 바로 아로마 오일을 떨어뜨린 양모 볼 여섯 개다. 빨래에서 화학 성분의 진한 인공적인 향 대신 은은한 라벤더 아로마향이 난다.

지금은 우리 집 빨래에서 향기가 난다. 남편의 군복에서도 향기가 난다. 약간 수고스럽지만, 오늘도 열심히 세탁 볼과 양모 볼을 사용해 세탁기를 돌린다.

세탁기 전기를 아끼는 방법

세탁기를 돌릴 때는 다른 가전제품처럼 전기가 소비된다. 세탁기의 전력 소모는 세탁물의 양이 아니라 빨래를 하는 횟수와 연관이 있기 때문에 많이 모아 한 번에 돌리는 게 전력을 아끼는 방법이다. 또, 세탁기 전력의 90%가 물을 데우는 데 소모되므로 가급적 찬물을 사용한다. 찌든 때는 손빨래 후 세탁하며, 자동세탁 풀 코스 대신 세탁, 헹굼, 탈수를 수동으로 선택하는 것이 좋다. 에너지 효율 등급이 높은 것으로 구매하면 세탁기에 소모되는 에너지를 줄일 수 있다.

5200원으로 만드는
반찬 세 가지

포장 쓰레기를 줄이기 위해 시장에서 장을 보기 시작했다. 마트에서는 포장된 물건을 카트에 실으면 되지만, 시장에서는 포장이 안 된 물건들이 대부분이고, 카트도 없어서 장바구니를 챙겨야 한다. 그나마도 하나로는 모자라서 집에 있는 재활용이 가능한 비닐봉지 여러 개를 함께 챙긴다. 그러면 과일이나 채소를 살 때 섞이지 않게 담을 수 있다. 플라스틱 통도 양이 적은 물건을 담기에 유용하다.

어느 더운 여름날, 시원한 마트와 편리한 카트를 포기하고 반찬거리를 사러 시장에 갔다. 아직 시장에서 장 보는 것이 어색했다. 마트처럼 가격이 써 있지 않아서 가격도 일일이 물어봐야 하고 현금도 챙겨가야 한다(물론 요즘엔 카드도 환영한다). 특히 주차하는 게 제일 번거롭다. 그럼에도 불구하고 가급적 마트보다는 시장을 가려고 노력한다. 그날도 천으로 만든 장바구니, 종이가방, 잘 모아둔 비닐봉지 여러 개를 챙겨서 출발했다. 주차를 무사히 끝내고 장바구니들을 들고 열심히 돌아다녔다. 확실히 시장 물건은 대부분 이중 포장이 없었다. 채소도 과일도 생선도 날 것 그대로 쌓아놓고 팔았다. 여름이라 너무 덥긴 했지만 시원한 마트를 잊을 만큼 흥미로웠다. 각종 튀김부터 떡볶이, 닭발, 옥수수, 내가 좋아하는 빵에 떡까지…. 천국이었다. 인심도 넉넉하고, 가격도 쌌다. 눈 호강을 하며 더위를 물리쳤다. 제로 웨이스트 실천 고수들은 용기까지 챙겨 다니면서 간식거리도 포장하던데, 다음엔 꼭 떡볶이 용기도 챙겨와야겠다고 생각하면서 장을 봤다. 장 본 리스트에는 김, 가지, 양파, 제철 버섯이 적혀 있었다. 바구니에 쌓여 있는 가지와 양파를 샀다. 아쉽게도 버섯은 포장이 되어 있었다.

"사장님, 비닐 안 주셔도 돼요. 여기 바구니에 넣어주세요!"
"앗! 그럴게요."

손이 빠른 시장 사장님들은 눈 깜짝하거나 잠깐 지갑을 꺼내는 사이에 벌써 골라온 채소들의 포장을 끝내 놓기 때문에 계산할 때에는 미리 재빠르게 말을 해야 한다. 챙겨 간 비닐봉지와 종이가방에 차근차근 물건을 담았다. 가지, 양파, 버섯 세 종류를 사는 데 총 5200원이 들었다. 대형마트에서는 꿈만 같은 가격이었다. 집으로 돌아와 반찬을 세 종류나 만들고도 채소가 많이 남았다. 역시 시장 인심은 대단하다. 장

날에 맞춰서 가면 먹거리도 더 많고, 물건들도 더 다양하다.
역시 장날은 구경하는 재미가 327배 정도 더 있다.

잠자는 에코백을 깨워볼까?

환경을 지키는 방법 중 하나로 시장에서 장을 볼 때 비닐 대신 에코백을 사용한다. 환경을 지키겠다고 집에 있는 장바구니를 두고 예쁜 에코백을 산다면 그것이 오히려 환경오염이 된다. 면 재질인 에코백은 비닐보다 131번 더 재사용해야 환경보호의 효과가 있다고 한다. 새로운 걸 계속 구입하기보다는 집에 있는 에코백을 들고 나가는 것이 환경을 지키는 일이다.

"다회용도 일회용처럼 쓰면 환경오염이 된다."

애정했던
물티슈와의 이별

"이모, 물티슈 없어요?"

"응. 미안! 이모 집에 물티슈 없어. 대신 이거 써!"

놀러 온 이웃 아이에게 물티슈 대신 물에 적신 가제 수건을 건네주었다.

우리 집에는 물티슈가 없다. 물론 처음부터 없었던 것은 아니다. 사실 나는 물티슈 애용자였다. 예전에는 물티슈를 종류대로 구비해두고 썼다. 휴대용, 청소용, 주방용…. 결혼을 하기 전만 해도 물티슈는 아기가 있는 집에서만 사용하는 줄 알았다. 그런데 결혼 후, 정확히는 내가 우리 집을 청소하기 시작한 이후부터 한 번 맛본 물티슈 세계는 그야말로 신세계였다. 집 안 곳곳을 몇 번 닦고, 다시 빨아서 물기를 짜내서 다시 닦고, 또다시 빨아서 물기 짜내고 닦고, 마지막으로 한 번 더 빨아서 말리기까지 해야 하는 걸레질은 너무 귀찮은 일이었다. 그렇다고 안 닦을 수도 없는 노릇이고…. 청소기는 돌려도 걸레는 빠는 일이 귀찮아서 자주 미뤘다. 이런 내 고민을 누군가 알아차리고 발명을 해준 걸까. 우연히 마트를 갔다가 발견했다. 바로 '청소용 베이킹소다 물티슈' 였다. 큼지막한 사이즈에 두툼하기도 하고 베이킹소다까지 들어 있었다. 청소용으로 딱이라는 생각에 검색을 시작했다. 나는 알뜰한 주부니깐 마트에서 바로 사지 않았다. 인터넷 가격을 비교해서 최저가를 찾았다. 2천 원에 무려 60장!!

'어머, 이건 사야 해! 어차피 쓸 거 한 번에 한 개만 사면 택배비가 아까우니 알뜰한 주부답게(?) 여러 개를 주문하자.'

며칠 만에 온 청소용 물티슈는 기대 이상이었다. 막 쓰고 막 닦고 아깝다 싶으면 한 번쯤 빨아서 더 쓰고 바로 버리면 끝이었다. 청소가 이렇게 간편하다니 생각날 때마다 한 장씩 두 장씩 뽑아서 쓰고 버렸다. 우리 집은 반짝반짝 깨끗해졌다. 너무 좋았다. 지구는 내가 쓰고 버린 물티슈 때문에 더러워지고 있었는데 말이다.

아기가 태어나고 아기 전용 물티슈까지 사다 보니 우리 집에서 가장 많이 나오는 쓰레기는 물티슈가 되었다. 그 많은 물티슈 쓰레기를 버리면서도 아무 생각이 없었다. 나는 물티슈에 그렇게 길들여지고 있었다. 밥을 먹고 식탁을 물티슈로 닦고, 바닥은 여전히 베이킹소다 청소포로 닦았다. 아이 엉덩이와 손과 입을 닦고, 장난감 청소도 물티슈로 했다. 물티슈가 떨어질 기미가 보이면 불안할 정도였다. 미리미리 스무 개씩 사서 쟁여놓고 썼다. 점점 귀찮다는 이유로 아이를 닦아 주는 용도로 썼던 아이 전용 물티슈로 나와 남편의 손과 입도 닦았다. 우리는 무의식적으로 물티슈를 뽑아 썼다. "산을 왜 오르세요?"라는 질문에 "산이 거기 있으니깐요." 했다는 대답이 생각난다. 물티슈를 왜 쓰냐는 질문을 들으면, "물티슈가 여기 있어서요."라는 대답을 해도 이상하지 않을 만큼 우리 집 여기저기 손닿는 곳에 물티슈가 있었다.

어느 날 친정엄마가 절대로 아이 입이나 얼굴을 물티슈로 닦지 말라고 신신당부를 했다.

"물티슈로 승현이 입이나 얼굴 닦지 마! 그냥 데리고 가서 바로 씻겨. 물티슈 절대 쓰지 말고!"

"아기용 물티슈인데 승현이한테 쓰지 말라구요? 저희 쓰는 건 비싼 아이 전용 물티슈예요!"

여태 잘 써온 물티슈를 갑자기 최대한 아이한테 쓰지 말라니…. 그게 무슨 소리인지 이해가 되지 않았다. 친정엄마는 아무리 아기 전용이라도 물티슈에 화학 성분이 많아서 좋지 않다고 했다. 사실 그 얘기를 듣고서도 물티슈의 편리함에 넘어가서 엄마 몰래 몇 번 더 사용했다. 그리고 그걸 눈치챈 건지 눈치 백 단 친정엄마의 잔소리는 계속되었다. 어느 날은 메시지에 '물티슈의 위험성'이란 뉴스 기사까지 캡처해 보내 왔다.

"자꾸 편하다고 안심하고 쓰는 거 같은데, 화학 성분이 얼마나 애들한테 안 좋은 줄 아니? 너 편하자고 승현이 '잘못되면' 좋겠어?"

아뿔싸. 가뜩이나 기사를 읽고 충격에 빠져 있었는데 나의 모성애를 깨운 친정엄마의 잔소리 공격은 한방에 먹혔다.

'승현이를 위해 당장 물티슈를 끊어야겠다.'

집 안 곳곳에 있던 물티슈를 치워버렸다. 물티슈는 개봉해서 공기에 노출된 순간부터 미생물이 발생한다. 그래서 방부제가 꼭 필요한데 화학방부제는 연약한 아이들이 사용할 경우 안전하다고 할 수 없다. 우리나라에서 물티슈는 공산품으로 분류되며, 이 경우 매우 적은 양의 방부제 성분 표기는 의무사항이 아니라서 화학방부제 사용 여부를 알기 어렵다고 한다. 처음에 아이 물티슈를 끊었다. 특히 얼굴 닦는 데는 절대 사용하지 않았다. 전에는 아이가 대변을 보고 나면 무조건 물티슈를 사용했었다. 화학 성분이 잔뜩 묻어 있는 물티슈로 연약한 엉덩이를 박박 닦았다고 생각하니 아이에게 미안했다. 집에서는 무조건 물로 씻기고, 여의치 않으면 가제수건을 사용했다. 그러자 많이 사용할 때는 2~3일에 한 통씩 쓰던 물티슈가 일주일 넘게 줄지 않았다. 지금은 아이 얼굴이나 입을 닦을 때 조금 귀찮더라도 가제 수건을 반으로 잘라 물을 묻혀서 닦는다. 그리고 식탁 위엔 물티슈를 올려놓는 대신 가제 수건 여러 장을 접어서 놓는다.

식탁에 음식을 흘리거나 옷이나 입에 음식이 묻었을 때 물티슈를 찾던 습관이 있던 우리 가족이었다.

"앗? 흘렸다. 물티슈 좀 줘!"

"엄마, 지지 지지."

이제 나는 우리 가족을 위해 미소를 지으며 가제 수건에 물을 묻혀 건넨다.

"여기! 이거 써."

물론 가족들 또한 한 번에 물티슈를 끊지는 못했다. 나도 신랑도 급할 땐 서랍 속에 깊이 넣어놓은 물티슈를 사용하기도 했다. 하지만 남은 두 개의 물티슈를 다 쓰면 재주문하지 않을 것이다. 우린 물티슈 없이도 잘 살 수 있으니까.

물티슈 없이 살기 몇 달째, 나도 남편도 아이도 당연하게 찾았던 물티슈는 이제 없다. 우리는 뭐가 묻으면 당연하게 바로바로 씻거나, 가제 수건 또는 남편 면 티를 잘라 만든 와이프스를 꺼내 쓴다.

짜장면 시킬 때, 나무젓가락 거절하기

직접 용기를 가져가 포장해 오는 것이 쓰레기를 발생시키지 않는 가장 좋은 방법이지만, 집에서 포장 배달시킬 때 조금이라도 쓰레기를 줄이기 위해 음식과 함께 오는 나무젓가락만큼은 거절한다.

"젓가락은 괜찮아요!"

일회용 비닐은 쓰는 데 5초,
썩는 데 500년

미니멀 라이프를 시작하고 제로 웨이스트를 실천하겠다는 목표와 함께 일회용품 사용을 중단하기로 마음먹었다. 하지만 일회용품 중독자였던 나에게 쉬운 일이 아니었다. 생각하기도 전에 마음보다 손이 먼저 일회용품을 찾고, 집 안에서도 가끔 설거지를 하기 싫다는 이유로 일회용품을 사용했다. 배달음식을 먹을 때 주는 나무젓가락을 여분으로 받아 집에서도 사용했다. 설거지를 싫어하는 나에겐 고민도 할 필요가 없었다. 마트에서 장을 보고 얻어 오는 일회용 나무젓가락, 숟가락, 빨대는 사용하기도 편리했다. 더 큰 이점은 바로 공짜라는 사실이었다. 당시 물건을 살 때는 공짜와 편리함이 그 어떤 것보다 비중이 컸다. 일회용품들을 항상 집에 구비해 두었다. 떨어지기 무섭게 사놓기도 했다. 그중 가장 많이 쓴 것은 바로 랩과 비닐팩이었다. 남은 음식은 랩이나 비닐팩에 싸서 보관했고, 장을 본 날이면 사 온 음식들을 하나하나 소분해 놓았다. 비닐팩에 냄새 나는 쓰레기도 한 번 더 싸서 버렸고, 여행 갈 때 아기 소지품들과 속옷도 담아서 챙겨갔다. 그땐 어리석게도 환경을 생각하기보다는 냄새 나지 않는 음식물이나 속옷의 위생만 생각했다.

간편하게 한 장씩 쏙쏙 빼서 하루에도 몇 개씩 아무 생각 없이 썼다. 비닐팩은 백 장에 천 원꼴로 가격도 싸다. 그런데도 가끔 친정이나 시댁에 가면 이런 것도 사면 다 돈이라고, 가져가서 쓰라고 챙겨주기까지 했다. 사은품으로도 많이 받았다. 사지 않더라도 생활 속에서 일회용품을 구하기란 어렵지 않았다. 그래서 더 자주 더 많이 써왔던 것 같다.

더 이상 안 되겠다 싶어서 그렇게 자주 사용하던 랩과 비닐팩 대신 사용할 수 있는 대체품을 검색했다. 많은 검색과 후기를 통해 '실리콘 랩'을 찾았다. 가격도 저렴하고 쓰기에도 간편해 보였다. 배송비도 아낄 겸 친환경 살림 아이템이란 점을 강조해 동네 이웃 언니들과 공동구매를 했다. 실리콘 랩은 쭉쭉 늘려서 밀봉할 수 있는 랩이다 보니 어떤 형태의 용기라도 단단하고 자유롭게 밀폐하는 게 가능했다. 사이즈도 다양하고 끓는 물 소독도 가능해서 위생적이며 반영구적으로 사용할 수도 있다. 환경호르몬이 발생하지 않아서 전자레인지 사용도 가능하고 냉장, 냉동보관도 할 수 있어 만능 살림템이라 해도 과언이 아니다. 거기에 가격까지 착하니 일석 몇조인지…. 꼼꼼한 주부답게 최저가를 찾아 사이즈별 여섯 개를 단돈 2천 원도 안 되는 가격에 득템했다. 동그란 모양의 컵 사이즈부터 작은 냄비 사이즈까지 크기별로 있어서 참 유용하다. 밥이나 반찬, 음료수가 남았을 때, 계란찜을 할 때, 식은 음식을 데울 때, 남은 자투리 채소나 과일을 싸놓을 때 등 다양한 용도로 간편하게 사용한다. 뚜껑이 있는 그릇을 따로 꺼내지 않아도 된다. 비닐팩이나 랩과 단번에 작별하게 해준 가성비 만점의 '실리콘 랩'이었다.

"랩 어딨어? 반찬이 좀 남아서 싸놓고 저녁에 먹게!"

"여기. 실리콘 랩! 이렇게 쭉 늘려서 덮어놓으면 돼."

"오, 이거 신박하다! 진짜 편해. 자를 필요도 없고! 물건인데?"

한 번 쓰고 버려야 하는 랩이나 비닐팩 대신 흐르는 물에 씻어서 말리면 반영구적으로 사용할 수 있으니 이보다 좋은 주방 아이템이 있을까. 남편도 좋아하는 친환경 실리콘 랩을 두 세트 사두길 참 잘했다.

그러다가 최근에 더 좋은 것을 찾았다. 바로 '실리콘 백'이라는 것이다. 비닐팩을 줄이기 위해 실리콘 랩을 써보니 위생적인 면에서 좋은 것은 물론, 지구를 살릴 수 있다는 마음에 약간의 수고스러움도 귀찮다고 생각되지 않았다. 하지만 실리콘 랩만으로 비닐팩까지 대신할 순 없었다. 장을 보고 난 후 매번 소분하고, 반찬 용기를 사용해 보관하는 것도 무리였다. 그때 검색 신공으로 나는 실리콘 백을 발견했다.

'어머, 이거야말로 우리 집에 꼭 있어야 해.'

엄청난 발명품이라고 호들갑을 떨며 결제를 하려는 순간,

'헉, 너무 비싼데, 이 상품 혹시 0이 하나 더 붙은 거 아냐?' 하고 생각했다. 실리콘 백은 비닐팩의 몇십 배 가격이었다. 결국, 나는 장바구니에 넣어 놓고 너무 비싸다는 이유로 결제를 포기했다.

그러던 어느 날이었다. 이웃 언니들과 장을 보고 들어가던 중, 동네에서 핫하다는 리퍼브매장(중고상품을 싸게 팔거나 새 상품인데 반품되어 새 상품으로 못 파는 상품들을 소비자에게 저렴하게 파는 곳)에 우연히 들르게 되었다.

'오 마이 갓.'

반품된 잡동사니 주방용품들 사이로 실리콘 백이 무려 세 개나 있었다. 그날 나도 모르게 "대박! 실리콘 백을 여기서 만날 줄이야!"라고 외치며 누가 가져갈세라 진열된 상품을 얼른 집었다. 인터넷으로 맨날 살까 말까 찾아만 보고, 좋다는 후기만 수도 없이 읽어 보고는 차마 사지 못했던 장바구니 속 실리콘 백을 그렇게 운명적으로 만났다. 인터넷보다 훨씬 저렴하고 리퍼브매장 특별할인까지 해주니 생각보다도 더 쌌다. 실리콘 백 세 개를 들고 싱글벙글하며 말했다.

"사장님. 이거 계산해주세요."

실리콘 백을 사면서 너무 좋아하는 나에게 사장님은 이게 혹시 어디에 쓰는지 알고 있냐고 물었다.

"손님. 이게 도대체 어디에 쓰는 물건이에요? 상품이 매장에 들어오긴 했는데, 어디에 쓰는 물건인지 도통 모르겠어요."

그때, 실리콘 백을 세 개나 구입하고 흥분한 나의 TMT가 시작되었다.

"사장님, 이건 실리콘 저장백이에요. 요즘 환경을 지키려고 제로 웨이스트 생활을 하는 사람이 늘었는데요. 아 참, 제로 웨이스트는 뜻 그대로 배출되는 쓰레기의 양을 최소화하자는 의미로 일회용품들 줄이는 생활습관을 말해요. 이건 실리콘으로 만들어진 지퍼백으로 환경호르몬도 안 나오고, 반영구적으로 사용할 수 있어요. 남은 음식이나 요리재료, 과일, 채소, 국물까지 위생적으로 보관할 수도 있구요. 또 냉동, 냉장, 열탕 소독, 전자레인지 사용까지 할 수 있어서 편리하다고 들었어요. 제가 써보고 다음에 와서 후기 들려드릴게요!"

비록 사용해보진 못했지만, 너무 사고 싶어서 제품 특징과 후기까지 줄줄 꿰고 있었다. 드디어 그토록 가지고 싶었던 실리콘 백을 샀다.

지금 우리 집에서 실리콘 백은 열일 중이다. 떡을 좋아하는 우리 부부에게 냉동실 인절미는 떨어지면 채워놓는 간식 중 하나다. 예전에는 한 번에 데워 먹을 만큼의 양을 비닐팩에 담아놓았다. 하지만 지금 우리 집 인절미는 실리콘 백에 보기 좋게 먹을 만큼 들어가 있다. 사용한 실리콘 백은 물로 깨끗하게 씻어서 말려 놓고 재사용한다. 요리를 하고 남은 자투리 채소를 보관하는 데도 좋다. 양파나 파를 쓰고 나면 항상 조금씩 남아서 한꺼번에 비닐팩에 넣어서 냉장고에 보관하기 일쑤였다. 깨끗하게 사용한 비닐봉지는 아까워서 몇 번 더 사용하긴 했지만 결국 비닐 쓰레기는 생겼다. 이제 자투리 채소는 비닐 대신 실리콘 백에 넣어서 보관한다. 밀봉력이 좋아 쉽게 마르지도 상하지도 않는다.

우리 집 주방에는 어떤 명품백 못지않은 환경을 지키는 명품 실리콘 백이 있다.

욕실 감성을 채우는 대나무 칫솔

2019년 호주 뉴캐슬 대학의 '플라스틱 인체 섭취 평가 연구 보고서'에 따르면 사람들은 매주 약 2,000개의 미세플라스틱을 섭취하고 있다고 한다. 한 달 평균 약 21g에 해당하는 양이다.

일반적인 플라스틱 칫솔은 고무, 나일론, 플라스틱 등 여러 소재가 섞여 있어서 재활용도 되지 않을뿐더러 썩는 데도 몇백 년 이상 걸린다. 잘 썩지 않기 때문에 환경뿐 아니라 미세플라스틱으로 돌아와 우리의 몸까지 위협한다. 대나무 칫솔은 플라스틱 칫솔과 달리 잘 썩고 소각할 때 유해물질도 나오지 않는 친환경, 지속가능 소재로 되어 있다. 단, 습기에 약하기 때문에 물기를 잘 말리고 통풍이 잘되는 곳에 보관해야 한다. 평균 두 달에 한 번 교환하며, 가끔 살균을 위해 햇볕 소독을 해주면 좋다.

빨대가 좋아서

음료를 빨대로 마시면 더 맛있게 느껴진다. 물도 빨대로 마시면 더 쭉쭉 들어가고, 가끔 마시는 맥주도 빨대로 마시면 더 짜릿하다.

"내 빨대도 하나만 챙겨줘!"

"애도 아니고 무슨 빨대로 먹는다고 그래."

"빨대로 먹어야 더 맛있어!"

나는 액체를 무조건 빨대로 마시는 습관이 있다. 물도 커피도 어쩔 땐 맥주도…. 빨대로 마시면 흘리지도 않고, 고개를 들고 마시지 않아도 되고, 아무튼 이하 생략하고 음료가 더 맛있다. 그런 이유로 우리 집에는 항상 일회용 빨대가 있었고, 편의점이나 마트에서 음료를 살 때도 꼭 빨대를 챙겼다. 그리고 언제 어디서 음료를 마실지 모르니 가방 속에 여분의 빨대를 챙겨 다니기까지 했다. 아이가 태어나고 우리는 함께 빨대 생활을 하게 되었다. 아이 것까지 해서 내 가방 속 빨대는 더 늘어났다. 차 안에서 음료를 마실 때도 빨대는 필수였다.

"세차하는데, 빨대가 이만큼이나 있었어. 왜 빨대가 차에서 나와?"

범인은 바로 나였다. 남편 차에도 내 차에도 구석구석 곳곳에 언제 어디서나 사용할 수 있도록 빨대를 가져다 놓았다. 그리고 쓰고 난 다음 처리하는 걸 잊기도 했다.

"왜긴! 승현이 물 마실 때 필요하잖아. 나도 가끔 쓰고…."

"그럼, 쓰고 잘 좀 버려!"

여기저기 숨겨놓은 빨대를 모으니 꽤 나왔다. '플라스틱이니까 재활용되겠지'라는 생각에 빨대는 늘 플라스틱 쓰레기로 분리를 했다. 그런데 찾아보고 알게 된 사실로, 플라스틱 빨대는 재활용이 안 된다. 이유는 크기가 작아 분리하기 어렵고, 제품 특성상 음료나 이물질이 많이 껴서 세척하기 어려우며, 크기에 비해 무게가 얼마 나가지 않아 플라스틱 업체에서 수익성을 따져 빨대의 재활용을 거의 포기하기 때문이라고 한다. 기사를 읽다가 함께 있던 거북의 사진을 보았다. 플라스틱 빨대가 코에 껴서 고통스러워하는 바다거북. 지금 전 세계의 바다에서는 플라스틱 폐기물로 인해 죄 없는 동물들이 죽어가고 있다. 내가 버린 플라스틱 빨대가 동물들을 괴롭히고 있다. 코에 빨대가 껴서 고통스러워하며 피까지 흘리는 바다거북을 보며 플라스틱 빨대를 즐겨 사용했던 지난 날을 반성했다. 작은 플라스틱 빨대는 바닷속 동물들을 직접적으로 헤칠 뿐만 아니라 파도나 자외선에 의해 부서져 미세플라스틱이 되는데 그걸 플랑크톤이 섭취하고, 이 플랑크톤을 작은 물고기가 먹고, 또 그 물고기를 상위 포식자 물고기가 먹는다. 그 큰 물고기가 우리 집 식탁 위에 올라오게 될 때, 결국 우리 몸속에 미세플라스틱이 들어오는 셈이다. 정말 끔찍한 사실이다. 편리해서 사용했던 플라스틱 빨대가 동물과 환경뿐만이 아니라 나와 내 가족까지 위험에 빠트릴 수 있다는 경보에 한 번에 플라스틱 빨대를 끊었다.

그 대용품으로 많은 종류의 빨대가 있다는 사실도 알게 되었다. 빨대들을 구경하며 '오, 이런 빨대가 있었네? 진작 알았으면 좋았을 텐데'라는 생각을 하기도 했다. 다양한 빨대를 비교해 봤다. 종이 빨대, 보리 빨대, 쌀 빨대, 대나무 빨대, 스테인리스 빨대, 실리콘 빨대, 유리 빨대…. 그중 종이 빨대는 이미 커피전문점에서 사용해 본 터라 알고 있었는데, 음료를 오래 두고 먹는 나에겐 너무 빨리 흐물흐물해져서 불편한 기억이 있었다. 빨대를 깨무는 버릇이 있는 아이가 사용하기에도 무리였다. 곡물 빨대도 비슷할 것 같았다. 유리 빨대는 위생적으로 보였지만, 깨질 위험이 있다. 스테인리스 빨대는 아이가 사용하기에 너무 딱딱해 보였다. 그래서 선택한 것은 바로 실리콘 빨대였다. 전용 솔이 있어서 설거지하기도 쉽고 열탕 소독도 가능해서 위생적으로 관리할 수도 있다. 빨대를 깨무는 아이에게도 실리콘 소재는 안전하고, 잃어버리지만 않는다면 반영구적으로 사용할 수도 있다. 다만, 커피를 마실 때 빨대가 착색되는 것은 어쩔 수가 없었다.

플라스틱 빨대에서 실리콘 빨대로 바꾸고 얼마 되진 않았지만 더 이상 빨대값이 들지 않는다. 여러 개의 빨대를 이곳저곳에 비상용으로 숨겨놓지 않아도 된다. 아이 빨대, 엄마 빨대 각자 정해진 색깔의 빨대가 있어서 두 개만 챙겨 다니면 된다. 다행히 아이도 실리콘 빨대를 좋아한다. 아직도 바다거북을 떠올리면 가슴이 너무 아프지만, 덕분에 플라스틱 빨대를 사용하지 않게 되었다는 사실에 한편으로는 다행이다.

친환경 빨대 고르는 팁

플라스틱 빨대를 대신할 친환경 빨대를 고를 때 참고했던 내용을 소개한다.

1. 쌀 빨대는 쌀가루와 타피오카 전분으로 만든 것으로, 파스타의 한 종류다. 모양이나 크기가 딱 빨대만 해서 빨대 대용으로 사용할 수 있다. 촉감은 단단한 플라스틱 빨대와 비슷하며 친환경이라는 점에서 좋지만, 음료에 오래 담가두면 녹아서 음료에서 전분 맛이 올라오기도 하고 빨대가 불어 물렁물렁해진다. 자칫 부서질 수도 있다.

2. 종이 빨대는 마트에서 쉽게 구할 수 있고, 일회용이라서 세척하지 않아도 된다. 디자인도 다양하게 고를 수 있다. 하지만 종이로 만들어져서 금방 물에 풀리는 바람에 가끔 종이를 씹게 될 수도 있다.

3. 유리 빨대는 속이 들여다보이기 때문에 위생적으로 관리할 수 있다. 단, 깨질 위험이 있다.

4. 스테인리스 빨대는 위생적이고, 깨질 위험이 없다. 열탕 소독

이 가능하며, 전용 솔이 있어서 세척도 간편하다. 단, 뜨거운 음료를 마실 때 빨대도 함께 뜨거워지기 때문에 주의해야 한다. 빨대에서 가끔 쇠 맛이 나기도 한다.

5. 실리콘 빨대는 위생적이며, 말랑말랑하게 구부러지는 특성 때문에 접어서 휴대 가능하다. 음료에 오래 담가두어도 변형이 없다. 단 커피와 같은 진한 색의 음료를 마시면 착색이 된다. 빨대를 씹는 아이가 쓰기에 적합하다.

지구를 위한, 나를 위한
면 생리대

"우리 같이 사보자."

이웃 언니와 면 생리대 공구를 했다. 혼자서는 매번 실패했던 일이다. 미루고 미루다가 우연히 면 생리대에 관한 이야기를 했고, 언니도 한번 써보고 싶다는 말에 우리는 그렇게 갑자기 면 생리대를 샀다.

"세트로 살까, 낱개로 살까? 어떤 디자인으로 할래? 그래도 날개형이 낫겠지?"

언니는 살까 말까 고민한 시간보다 다양한 디자인을 구경하고 고르는 데 더 많은 시간이 걸렸다고 했다.

한 달에 한 번 약간의 불편함을 감수하기로 했다. 면 생리대를 사용하는 사람들의 이야기를 들어보면 안 쓸 이유는 없었다. 다만, 한 가지 손빨래를 해야 한다는 귀찮은 일만 빼면. 그동안 나는 그 한 가지 때문에 면 생리대의 사용을 미루고 미뤄왔다. 요즘처럼 편리한 세상에 손빨래라니, 생각만 해도 너무 귀찮았다. 그 사실은 면 생리대를 하면 없어진다는 생리통도 그냥 진통제를 먹고 견디며, 계속해서 일회용 생리대를 사용하게 만들었다. 하지만 곧 이런 내 생각은 변했다.

여성 한 명이 평균적으로 40년 동안 1만 2천 개의 생리대를 사용한다고 한다. 그런데 이러한 생리대가 썩는 데는 100년 정도 걸린다. 내가 죽어도 1만 2천 개의 생리대는 지구에 남아 있다는 것이다. 생각만 해도 끔찍했다. 그래서 언니의 용기와 함께 나도 도전해보기로 했다. 미뤄왔던 면 생리대를 써야 할 때가 왔다.

'그래, 한번 해보지 뭐!'

조금 불편해도 지구를 위해 내 몸을 위해 실천 해보자는 마음에 가성비 좋은 면 생리대를 크기별로 세트 구매했다. 다음 달 찾아올 그날이 두렵기도 하고 한편으로 면 생리대를 사용하면 정말 생리통이 없어질까 하는 마음에 기다려지기도 했다.

면 생리대를 사용한 지 세 달이 지났다. 나행히도 가장 두려웠던 손빨래는 생각보다 간편했다. 이웃 언니도 생각보다 빨래가 쉽다고 했다. 쓰다 보니 요령도 생겼다. 샤워할 때 전용 빨래통에 넣어놓고 핏물을 빼고, 빨랫비누로 1차 손빨래를 하면 끝이다. 세탁기에 한 번 더 돌리거나 그대로 말려서 사용해도 상관없다. 손빨래 시간은 5분도 채 걸리지 않는다.

면 생리대를 더 깨끗하게 하고 싶을 때는 천연세제인 과탄산 소다를 넣고 삶아주면 다시 새것처럼 된다.

생리통에 대해서는 드라마틱한 변화는 없었다. 아픈 날도, 안 아픈 날도 있었다. 면 생리대를 쓰면 완벽히 생리통이 없어질 거라 기대했지만 그렇지는 않았다. 그래도 면 생리대는 그동안 써왔던 일회용 생리대보다 훨씬 좋은 점이 많았다.

첫째, 한 달에 한 번씩 고정으로 나가던 돈이 안 들어도 된다. 매번 세일 상품을 찾아 샀었는데 이제 그럴 필요가 없어졌다.

둘째, 더운 여름날이나 운동을 할 때 거칠거칠한 부분이 피부에 쓸려서 아프기도 하고 찝찝할 때가 많았는데 면 생리대는 가려움, 짓무름, 따가움의 자극이 없어서 좋다.

셋째, 흡수도 생각보다 잘 되어서 불안하지 않다. 양이 많은 날은 일반 일회용 생리대도 불안하기는 마찬가지이다. 위생팬티를 입으면 샐 염려가 더 없다.

넷째, 쓰레기가 나오지 않아 친환경적이다. 세 달을 사용하면서 그만큼의 여성용품 쓰레기를 줄였다. 앞으로도 계속 사용할 예정이니 더 많은 양의 쓰레기를 줄일 수 있을 것이다.

다섯째, 일회용 생리대에 있는 화학물질에 신경 쓰지 않아도 된다. 발암물질이 다량 검출된 생리대 사건이 있었다. 그 뒤로 나 또한 일회용 생리대를 사용하면서 불안했다. 만족한 제품을 찾지 못하는 동안 생리대 유목민이었다. 하지만 이제는 더 이상 유목민이 아니다. 환경도 지키고 내 몸도 지킬 수 있는 안심할 수 있는 면 생리대에 정착했기 때문이다.

이렇듯 면 생리대의 장점을 알지만 쉽게 결정을 못 할 수도 있다. 마치 과거의 나처럼. 그 또한 존중한다. 단, 좋은 걸 함께하지 못해 안타까운 마음이다. 가끔은 조금 불편해도 괜찮을 때가 있다.

면 생리대 사용 전 유의사항

1. 면 생리대를 구입할 때, 세트보다는 본인의 생리 양에 따라서 사이즈별로 낱개 구입하는 것이 좋다.

2. 사이즈별로 디자인을 다르게 사면 구별하기가 쉽다. 이걸 몰라서 같은 디자인으로 세트로 구매했더니 대형과 오버나이트를 구분하기 어려워 펼쳐서 찾곤 한다.

3. 반드시 찬물로 애벌빨래한 후 세탁비누로 세탁한다. 따듯한 물은 피를 엉겨 붙게 한다. 얼룩이 지워지지 않을 경우에는 과탄산소다를 넣고 삶는다.

4. 샐 염려가 있다면 위생팬티를 입는다.

5. 외출할 때는 파우치에 넣어서 챙기고 사용한 것은 미리 준비해 둔 방수팩이나 지퍼백에 넣는다.

진정한 제로 웨이스터들은
가까이 있었다

외할머니 집에 놀러 간 날, 할머니는 상다리가 부러질 만큼 맛있는 집밥을 차려주셨다.

"뒷정리는 저희가 할게요."

"할머니, 음식물 쓰레기는 어디에 버려요?"

설거지와 상 정리는 나와 남편이 맡았다. 그런데 남은 음식물 찌꺼기를 버리려고 아무리 찾아봐도 쓰레기를 버리는 비닐봉지도 없고, 음식물 쓰레기통도 안 보였다.

"으응, 거기 못 쓰는 노란 냄비 있제? 거그따 버리고 뚜껑 닫아놓으면 내가 이따가 버리고 올게잉."

힐머니는 음식물 쓰레기를 못 쓰는 냄비에 버린 뒤 뚜껑을 닫아놓고 저녁에 냄비째로 가져가서 비우신다고 한다. 그리고 냄비는 깨끗하게 헹구고 다시 쓴다. 음식물 쓰레기를 버리기 위해서 비닐을 쓰지 않으셨다. 뚜껑을 덮어놓으면 냄새도 나지 않고 그날그날 버리고 비우면 헹궈내기도 쉽다고 하셨다. 할머니 집에서 음식물 쓰레기통으로 사용하는 냄비는 정말 깨끗했다. 약간의 번거로움을 참으면 비닐 쓰레기를 줄일 수 있었다. 우리 집에서 비닐팩을 끊지 못한 이유 중의 하나였는데, 이별할 수 있는 방법을 하나 더 찾았다. 84세나 되는 할머니도 하시는 일인데 30대 초반인 내가 못 할 이유는 없었다. 냄비를 들고 나가야 하는 것과 음식물 쓰레기를 담았던 냄비를 다시 씻어야 하는 게 귀찮았지만, 몸소 실천하시는 할머니를 보고 용기를 얻었다. 집에 가서 당장 해보고 싶은 마음이 굴뚝같았다.

'우리 집에 못 쓰는 냄비가 있었던가? 못 쓰는 냄비는 바로바로 버렸는데….' 생각하다가 할머니께 여쭤봤다.

"할머니, 혹시 못 쓰는 냄비 또 있어요?"

"못 쓰는 건 없제, 나도 이거 쓰레기장에서 주워 온 거여."

65년 차 주부의 내공은 대단했다. 할머니 집에서 음식물 쓰레기통으로 쓰던 양은 냄비는 분리수거장 표였다. 할머니는 나보다도 훨씬 먼저 제로 웨이스트를 실천하고 있었다. 제로 웨이스트를 실천하려고 여기저기에서 방법을 찾으며 노력하고 있었는데, 내가 본받아야 할 진정한 제로 웨이스터가 가까이 있었던 것이다.

"할머니! 창피하게 왜 남은 음식을 싸 가요."

"이거 내버려두고 가면 다 쓰레기여! 집에서 된장국 끓일 때 넣으면 얼마나 좋은디!"

외식하는 날이면 할머니의 가방 속에는 항상 집에서 가져온 비닐봉지가 들어 있다. 그리고 가족들의 식사가 끝나면 남은 상추나 고추, 마늘 등을 챙기신다. 남기면 얼마나 아까우냐고 하시면서 가끔은 남은 밥도 싸 와서 집에서 누룽지를 눌러주시기도 한다.

"이렇게 먹으니깐 맛있제? 거기서는 다 쓰레기통으로 들어가는 것이여!"

전에는 몰랐다. 남은 음식물이 아깝다는 생각도 없었다. 그저 누가 볼까 봐 조심스러웠고, 할머니의 행동이 부끄러웠다. 나는 혹시나 사장님이 뭐라고 할까 봐, 혹은 다른 사람들이 유난 떤다고 할까 봐 할머니 몰래 망을 보기도 했고, 가져가지 말자고 핀잔을 놓기도 했다. 지금 생각해보면, 어차피 우리가 남긴 음식들은 모두 음식물 쓰레기통에 들어간다는 할머니의 말을 좀 더 귀담아들었어야 했다. 조금이나마 음식물 쓰레기를 줄이려는 할머니의 행동을, 따라 하지는 못할망정 부끄러워하지 말았어야 했다. 할머니의 행동은 음식물 쓰레기를 줄이려는 지혜였던 것이다. 이제야 할머니를 말리고 핀잔했던 내가 부끄러워졌다.

해가 지날수록 음식물 쓰레기가 늘어나고, 그 쓰레기가 환경을 위협하고 있다. 음식물 쓰레기가 환경을 오염시킨다는 것은 누구나 알고 있는 사실이다. 하지만 쓰레기를 줄이는 일은 쉽지 않다. 나 또한 장은 항상 넉넉히 봤고, 음식도 넉넉하게 만들었다.

음식물 쓰레기를 보면서도 환경을 오염시키니까 남기면 안 된다는 생각보다는 단지 우리 집에 음식물 쓰레기가 쌓이면 비우러 가는 게 귀찮다는 생각이 더 컸다. 그러면서 '음식이 모자란 것보다는 좀 많아도 충분히 먹는 것이 낫지'라는 생각으로 늘 음식을 넉넉하게 준비했다. 결국, 이렇게 남은 음식들이 지구를 괴롭히고 있었다. 음식물 쓰레기는 먹고 남아서 버려지는 것뿐 아니라 보관하는 과정에서 유통기한을 넘겨 나오기도 한다. 냉장고에 넣어 놓고 깜박하거나 양이 많아서 보관하는 중에 썩어서 버리는 것도 꽤 많다. 지금 생각해보면 싸다고 많이 사서 쟁여놓다가 버린 적도 많았다. 달랑 세 식구가 먹는데 좋은 식자재로 그때그때 양만큼 사먹으라는 할머니 말씀보다 싼 가격에 덤까지 주는 물건에 지갑을 열었고, 그걸로 풍족하게 냉장고를 채웠다. 그렇게 산 식재료는 결국, 못 먹고 쓰레기통으로 가는 게 많았다.

어느 날, 우연히 본 기사에서 우리나라의 1인당 음식 소비로 인한 온실가스 배출량이 지구가 감당할 수 있는 한계를 넘었다는 것을 보았다. 한국의 붉은 고기 소비량은 하루 평균 80g을 넘어서 적정량의 세 배에 육박한다고 했다.

2020년 7월 16일 연합뉴스의 기사 중 노르웨이 비영리단체 EAT보고서의 내용에서는 "지금 몇몇 국가의 일부 사람들이 잘못된 방식으로 음식을 먹어 전 세계가 비용을 치르고 있다."고도 했다.

기사를 보고 양심이 찔렸다. 그 몇몇 국가의 일부 사람들 중에 내가 있었다. 고기는 항상 배가 매우 부를 때까지 먹고, 외식이라도 하는 날에는 평소 먹는 양보다 더 시켜 먹었다. 자원순환사회연대의 조사 자료를 보면 음식물 쓰레기는 집이나 소형 음식점에서 가장 많이 발생한다고 한다.

친정엄마는 자주 가는 음식점에 항상 빈 통을 가지고 가서, 남은 음식은 항상 당당하게 셀프로 포장해 오신다.

"아이고, 제가 해드릴게요! 말씀하시지! 그럼 포장해 드릴텐데."

친정엄마가 좋아하는 외식 메뉴는 붕어찜이다. 그중에서도 붕어찜에 함께 나오는 시래기를 좋아해 항상 붕어가 남는다. 처음에는 사장님께 부탁해서 남은 붕어를 포장해 왔다. 생각보다 음식점에서는 남은 음식을 포장해주는 것에 대해서 호의적이다. 어차피 가져가지 않으면 버리는 거라고 하면서. 그날도 남은 붕어찜을 엄마가 가져간 용기에 포장해 왔다.

"붕어 들 때 조심해야 해요! 붕어가 부스러지면 먹기 힘드

니깐 이렇게 잡으셔야 해요."

사장님이 친절하게 붕어를 드는 방법까지 알려주셨는데, 그게 부담스러워서인지 엄마는 그 뒤부터 직접 포장해 오신다. 그러면 그다음 날 아빠는 그 붕어를 데워서 밥과 함께 한 끼를 맛있게 드신다. 붕어찜을 먹으러 갈 땐 자동으로 포장 용기를 챙겨가는 것. 마냥 귀찮다고만 생각하지 않고 환경을 살리고, 다음 날 걱정 없는 한 끼를 생각하면 1석 2조의 행동이다.

그 엄마에 그 딸, 그 할머니에 그 손녀라고 이제는 내가 용기를 챙겨 다닌다. 그리고 더 이상 그 사실을 부끄럽다고 생각하지 않는다. 조금은 귀찮기도 하지만 버려지는 음식물 쓰레기도 줄이고, 다음 날 우리 집 식구의 소중한 한 끼로 활용할 수도 있으니까.

우리 집 냉장고도 많이 변했다. 음식물 쓰레기를 생각하면서 장을 보는 터라, 장을 본 날에도 우리 집 냉장고는 많이 비어 있다. 냉장고가 꽉 차 있다고 먹을 게 많은 것이 아니고 냉장고가 비었다고 먹을 게 없는 것도 아니다. 냉장고 파먹는 재미도 쏠쏠하고 냉장고가 텅텅 비워지는 그때그때 조금씩 장 보러 가는 것도 재미있다. 장을 볼 때는 가격보다 신선도를 보고 제품을 구매하고, 충동구매를 막기 위해 일주일 식단을 계획해서 필요한 재료들만 산다. 가계 부담도 이전보다 많이 줄었다. 음식을 할 때는 세 가족이 먹는 양을 감안해 조리하고, 반찬을 많이 만들어 놓기보다 조금씩 맛있게 요리해 먹는다. 찌개나 국도 꼭 먹을 만큼만 만든다. 냉장고가 빌수록 음식물 쓰레기가 덜 나온다. 냉장고 깊숙한 데 뭐가 있는지 살펴보느라 날 잡고 청소할 필요도 없다. 전쟁이 일어나지 않으면, 앞으로도 우리 집 냉장고는 지금처럼 음식물을 잠깐 보관하는 용도로만 사용할 것이다.

친정엄마나 시어머님이 우리 집 냉장고를 보시면 '얘네가 집에서 먹고살긴 하나?'라며 걱정하시겠지만, 우리는 냉장고가 꽉꽉 차 있을 때보다 더 잘 먹고 잘사는 중이다.

'착한 소비' 하는 방법

착한 소비란 친환경적이고 윤리적인 소비를 말한다. 소비자의 생활(구매 습관 등)에 따라 생산 환경, 문화가 달라지기 때문에 이왕이면 지속 가능한 친환경적인 소비가 필요하다. 착한 소비를 위해 먼저 친환경 마크를 확인한다.

요즘 친환경 제품을 찾는 사람이 늘어나면서 먹거리, 생활용품 등 곳곳에 친환경이란 문구가 눈에 띈다. 하지만 그중 친환경과 거리가 있지만 기업의 이익을 위해 소비자를 현혹하기 위해 녹색 이미지로 포장하는 제품이 있다. 소비자는 이런 '그린 워싱' 제품을 조심해야 한다. 조금 번거롭더라도 환경을 위해 우리의 건강을 지켜줄 올바른 친환경 마크를 익히고, 제대로 된 제품을 현명하게 선택해야 한다. 물건을 구입할 때 우리의 소비행위가 환경에 미치는 영향까지 한 번 더 생각해서 이왕이면 친환경 마크가 제대로 표기되어 있는 친환경 제품을 찾아보는 게 어떨까?

캡슐 커피를 포기하고

"우리도 캡슐 커피 머신 사자! 응?"

드디어 남편 설득에 성공을 하고 집에 캡슐 커피 머신을 들였다. 내 마음에 쏙 드는, 하얗고 아담하고 가성비 좋은 커피 머신이었다.

"거봐, 있으니깐 좋지? 카페 갈 필요도 없잖아."

"그러게. 이미 카페에 와 있네."

한동안 우리는 커피 머신에 푹 빠져서 집에서 연유 라떼, 바닐라 라떼, 달고나 라떼까지 종류별로 커피를 만들어 마셨다. 출근하는 남편에게 아이스 아메리카노 한 잔을 주고, 육아에 찌든 나는 달달한 바닐라 라떼 한 잔을 집에서 뚝딱 만들어 마셨다. 커피 머신 하나로 삶의 질이 높아진 것 같았다. 집에 맛있는 커피가 있으니 카페에 가고 싶다는 생각도 절로 없어졌다. 덕분에 커피값도 많이 아꼈다. 매일 아침 맛있는 커피 덕분에 기분 좋은 하루를 시작할 수 있었다.

"오늘은 우리 집에서 커피 마시자!"

하루에 홈 카페를 몇 번씩 열었는지 모른다.

그렇게 커피에 눈이 멀어, 매일 몇 개씩 나오고 한 달이면 수십 개씩 쌓이는, 캡슐 플라스틱 쓰레기를 잊고 있었다. 정확한 분리배출 방법도 모르면서 커피를 즐길 줄만 안 것이다.

어느 날, 아랫집 언니 집에 놀러 갔다가 커피 캡슐을 분리하는 것을 보고 깜짝 놀랐다. 비닐을 뜯은 후, 커피 가루를 빼내고 캡슐 통을 깨끗하게 씻어서 버리고 있었다. 아뿔싸…. 커피를 마시고 무심코 캡슐을 일반쓰레기통에 버렸던 내가 너무 부끄러웠다. 매번 제로 웨이스트를 실천하고 올바른 분리수거를 해야 한다고 외치면서 커피 캡슐은 막 버리고 있던 것이다. 그제서야 커피 캡슐 분리수거 방법을 제대로 찾아보았다. 매번 하기 귀찮아 열 개씩 모이면 분리수거를 했는데, 안 하다가 하려니 그마저도 너무 귀찮은 일이었다. 분리수거가 귀찮아 캡슐 커피를 점점 멀리하게 되었다. 그리고 우연히 본 글이 나와 캡슐 커피를 완전히 갈라놓았다.

미국의 '커피 캡슐 논쟁' 기사로, 커피 캡슐이 환경과 인체에 해로울 수 있다는 우려에 관한 내용이었다. 2014년 캡슐커피 부문 미국 점유율 1위 회사. 그곳에서 만들어 쓰고 버린 커피 캡슐을 이으면 지구 10.5바퀴를 돌고도 남는다고 한다.

실제로 전 세계에서 매년 커피 캡슐이 버려지는 양은 어마어마하다. 플라스틱은 재질에 따라 일곱 개로 나뉘는데, 그중 7번 플라스틱은 재활용이 거의 불가능하다. 커피 캡슐의 주요 성분은 7번 플라스틱이다. 즉 분리배출을 잘하더라도 재활용이 되지 않을 수도 있으며, 캡슐 또한 뜨거운 고온 압력으로 커피를 추출하기 때문에 환경호르몬이 나와 인체에 축적된다. 커피 캡슐에 들어가는 커피는 대부분 가장 저렴한 것이고, 그 저질 커피의 맛과 불쾌한 향을 없애려고 일부러 커피를 강하게 볶거나 태운다는 말도 있었다. 그렇게 쓴맛에 신맛과 단맛의 커피를 섞으면 먹을 만해지며, 추가로 첨가물을 넣기도 한다. 품질 낮은 재료를 감추려는 다양한 상술을 소비자들은 알 도리가 없다. 정말 충격적인 기사였고 그동안 즐겼던 캡슐 커피에 큰 배신감을 느꼈다. 결론적으로 캡슐로 인한 쓰레기와 환경호르몬의 문제해결은 우리의 현명한 선택에 달려 있는 것이다.

그렇게 좋아했던, 짧은 순간이었지만 삶의 질을 높여준다고 믿었던 캡슐 커피를 포기하기로 했다. 나는 환경을 해치는 캡슐 쓰레기를 만들기 싫었고, 나와 가족의 몸속에 환경호르몬을 남기기 싫었다.

"우리 캡슐 커피 머신 없애자!"

다시 남편을 설득했다. 약 8개월 만에 캡슐 커피 머신은 우리 집을 떠났다. 커피를 끊을 수는 없었다. 캡슐 커피 머신 대신 우리는 지구환경을 고려한 지속 가능한 소비 방식을 선택했다. 이제 우리는 질 좋은 커피콩을 사서 먹을 만큼 갈아서 스테인리스 필터에 내려 마신다. 캡슐을 넣고 버튼만 누르면 저절로 커피가 내려지는 캡슐 커피 머신보다 모든 걸 수동으로 해야 하기 때문에 약간은 귀찮지만, 쓰레기도 덜 나오고 환경호르몬 걱정도 없이 믿을 수 있는 커피를 마실 수 있다는 사실에 감사하다.

분리수거 O, X 테스트

1. 양파 껍질은 일반 쓰레기다.

2. 에어캡, 일명 뽁뽁이는 비닐 쓰레기다.

3. 칫솔은 플라스틱 쓰레기다.

4. 전단지, 영수증은 종이로 분리수거한다.

5. 깨진 거울, 그릇, 유리제품은 유리로 분리수거한다.

6. 화분은 유리로 분리수거한다.

7. 고추장, 된장 등 장류는 음식물 쓰레기다.

8. 컵라면 용기는 스티로폼으로 재활용한다.

1. O

2. O

3. X, 칫솔 자루와 칫솔 모의 재질이 다르기 때문에 일반 쓰레기로 취급한다.

4. X, 전단지(코팅)와 영수증(잉크)은 대부분 종이에 화학처리를 하기 때문에 일반 쓰레기로 분류한다.

5. X, 깨진 거울, 그릇, 유리는 모두 재활용할 수 없다. 신문지로

싸서 종량제 봉투에 버려야 한다.

6. X, 화분은 재활용 자체가 안되므로 종량제 봉투에 넣어 버리거나, 큰 화분의 경우 대형폐기물 신고해서 버린다.

7. X, 장류는 일반 음식물보다 훨씬 많은 염분을 가지고 있기 때문에 가축의 사료로 사용할 수 없다. 따라서 일반 쓰레기로 분류해서 버린다.

8. X, 라면, 컵밥 용기와 같이 코팅된 스티로폼은 재활용할 수 없다.

* 분리수거가 어렵다면 '내 손안의 분리배출' 앱을 깔아보자.

용기 내 프로젝트

"사장님, 여기에 포장 부탁드려요."

용기를 내었다. 드디어 일회용 용기 없이 떡볶이 포장에 성공했다. 포장 음식을 주문할 때마다 생기는 일회용품 쓰레기가 너무 싫었다. 일회용 숟가락이나 젓가락은 애초부터 받지 않고 집에서 챙겨 다닌다. 그럼에도 불구하고 포장 음식을 완전히 포기할 수 없어서 고민했고, 용기를 직접 가지고 다니기로 마음먹었다. 하지만 그마저도 쉽지 않았다. 언제, 어디서, 갑자기 떡볶이가 먹고 싶을지 몰랐기 때문이다. 그래서 일회용 젓가락은 빼도, 떡볶이는 일회용 용기에 담아 왔다. 포장 용기를 챙긴 날에는 당기지 않는 음식…. 한동안 용기를 챙긴 날과 먹고 싶은 날이 맞지 않아 나의 '용기 내 프로젝트'는 제대로 성공하지 못하고 있었다.

사실 일회용품은 싫었지만, 더 적극적으로 용기를 내지 못한 이유가 있었다. 처음 도전하는 일은 누구나 긴장되고 두

근두근할 것이다.

'혹시나 사장님이 번거로워하거나 거절하면 어쩌지?', '주위 손님들이 혼자 유난이라고 생각하면 어떡해?'

그럼 다시는 용기를 내지 못할 것 같았다. 그날도 많은 성공 후기들을 찾아보고, 조심스럽게 포장 용기를 들고 갔다. 다행히 저녁 시간이 지난 시간이라 손님들이 별로 없었고, 사장님 기분도 좋아 보였다.

"떡볶이랑 쫄면 1인분씩 여기에 포장 가능할까요?"

"오, 그럴게요."

친절한 사장님은 흔쾌히 내가 내민 포장 용기를 받았다. 그리고 조금 후 그 용기에 떡볶이와 쫄면이 가득 담겨 나왔다.

"떡볶이 조금 더 넣었어요. 맛있게 드세요!"

조마조마했던 나와는 달리 오히려 담담하게 용기를 건네며, 조금 더 담았다는 말까지 전하는 사장님. 나는 마음속으로 '해냈다!'를 외쳤다. 나의 첫 '용기 내 프로젝트'는 떡볶이집에서 성공했고, 덤까지 더 얹어준 사장님 덕분에 새로운 용기까지 얻었다.

"짠! 이것 봐, 분식집 사장님이 우리 집 반찬통에 떡볶이랑 쫄면 담아주셨어! 원래 주는 양보다 더 많아."

집에 오자마자 '용기 내 프로젝트'를 성공한 나는 흥분한 상태로 남편에게 자랑을 했고, 우리는 포장재 없이 포장해 온 떡볶이와 쫄면을 맛있게 먹었다. 그리고 다음 프로젝트를 기약했다.

두 번째 도전은 마카롱 가게였다.

군인 남편이 긴 훈련에 들어가는 바람에 아이와 친정에 놀러 갔을 때였다. 우리 집과는 다르게 반경 1킬로미터 안에 카페, 치킨집, 분식집, 빵집, 핫도그 가게, 마카롱 가게까지 있다. 마카롱의 인기가 한창일 때 많이 못 먹었던지라 마카롱 가게만 보면 한두 개씩 꼭 산다. 작고 뚱뚱한 마카롱 하나를 먹으면 내 몸을 빠져나갔던 당이 다시 충전되는 기분이다. 달콤하고, 쫀득한 마카롱 한입에 고된 육아의 피로가 입안의 마카롱처럼 스르륵 녹는다.

친정에 도착한 날부터 베란다에서 훤히 보이는, 마카롱 가게의 동태를 살펴보았다.

'언제 사러 갈까? 무슨 맛을 고를까? 몇 개나 사 오지?'

아이와 베란다에서 놀 때마다 내 눈은 가게를 향했다. 아이가 낮잠에 빠져든 뒤, 드디어 마카롱 가게에 가려고 에코백 하나를 들었다. 그 순간 문득 생각난 '용기'.

'마카롱도 비닐 대신 용기에 포장해서 가져오면 비닐 쓰레기를 줄일 수 있겠지?'

미리 포장된 게 아니라면 담아 오려고, 에코백 안에 유리 용기를 챙겨 마카롱 가게로 향했다.

'사장님이 안 된다고 하진 않겠지?', '손님들이 이상하게 보면 어떡해? 차라리 아무도 없었으면 좋겠다.', '이미 하나씩 포장되어 있으면 어쩌지?'

떡볶이 포장에 몇 번이나 성공했어도 용기를 내는 일은 매번 두근두근했다. 다행히 마카롱은 포장되어 있지 않고 진열장에 예쁘게 쌓여 있었다. 주섬주섬 가져온 유리 용기를 꺼냈다. 그리고 분식집에서처럼 '용기'를 내었다. 아담한 가게 안에 테이블마다 손님이 있어서 더 떨렸다.

"사장님, 혹시 여기에 포장될까요?"

"네? 여기에 그냥 바로요?"

그 순간, 집에서 당당하게 유리 용기를 챙겼던 마음이 약간 움츠러들었다. 사장님은 당황한 것 같고, 손님들도 나를 쳐다보는 것 같았다. 그 짧고도 긴 순간이 지나고 곧 내 유리 용기를 받은 사장님은 친절하고 아무렇지 않게 마카롱을 고르는 나를 기다렸다.

"무슨 맛으로 드릴까요?"

"치즈 맛, 우유 맛, 바닐라 맛, 캐러멜솔트 맛이요!"

마카롱은 내 유리 용기에 가지런하게 놓여 왔다. 주문할 때는 여전히 떨렸지만 그렇게 마카롱 가게에서 '용기' 내기도 성공했다. 그리고 감사하게도 마카롱 하나를 덤으로 받았다. 마카롱 덤은 상상도 못 했는데…. 내 용기는 마카롱으로 꽉 찼고, 비닐 쓰레기도 하나 더 줄었다. 집을 돌아와 낮잠에서 깬 아이와 사이좋게 유리 용기에 담아 온 마카롱을 나눠 먹었다.

"짠! 엄마가 맛있는 거 사 왔다!"

"우와, 마카롱이다. 승현이는 핑크색 먹을 거야."

닫혀 있는 뚜껑을 열자 기대에 차 있던 아이가 환호성을 질렀다. 유리 용기 안에 가지런히 모여 있는 마카롱은 더욱 먹음직스럽게 보였다. '용기' 내길 참 잘했다.

"우리 다음엔 어디서 용기를 내볼까?"

식당에서 음식물 쓰레기 줄이기

전 세계의 사람들이 해마다 음식물 소비량의 1/3인 130억 톤의 음식물을 쓰레기로 버리고 있다고 한다. 버려진 음식물은 전 지구 탄소 배출량의 약 8%를 차지한다. 외식을 할 때 음식점에서 나오는 반찬 중 안 먹는 게 있으면 상을 다 차리기 전에 "이 반찬은 빼주세요."라고 거절해보는 것이 어떨까?

플로깅을 하자,
플로깅을 하자

"승현아, 우리 소풍 가자!"

우리 집에는 장난감보다 민들레 홀씨 부는 것을 좋아하고, 로봇보다 진짜 움직이는 곤충을 좋아하며, 물웅덩이를 보면 그냥 지나치지 못하고, 모래사장 앞에서는 망설임 없이 먼저 주저앉고 보는, 자연을 사랑하는 아이가 있다. 이렇게 자연을 좋아하는 마음을 오랫동안 간직했으면 좋겠다는 마음에 우리 부부는 아이와 함께 자연을 즐기려고 노력하고 있다. 주말엔 아빠와 함께 산으로, 평일엔 엄마와 집 앞 논길로 나간다. 놀이터에서 노는 것도 좋지만, 가만히 아이와 손을 잡고 논길을 걷고 있으면 그 풍경이 너무 아름다워 절로 자연에 감사함을 느낀다. 계절마다 변화하는 풍경이 참 신기하고 멋있기도 하다. 봄에는 초록 모를, 가을에는 구름 한 점 없이 높고 푸른 파란 하늘 색과 대조적으로 황금 빛깔로 물든 벼를 보며 황홀함도 느낀다. 논길에서 보는 노을 풍경은 어디에서도 볼 수 없는 한 폭의 그림이다. 아이도 그런 논길이 좋은지 우리는 꽤 자주 집 앞 논길로 산책을 간다.

"여긴 논이라고 해. 저 작은 싹들이 자라서 승현이 맘마가 되는 거야."

아이도 이제 지나가다 논이 보이면 '승현이 맘마'라는 말을 한다. 우리는 자연을 보고 느끼고 관찰하면서 많은 것을 배운다. 산책을 하다가 다리가 많은 지네라도 발견하는 날이면 함께 쭈그려 앉아서 한참 동안 관찰한다. 그리고 도서관에서 관련된 책을 빌려 본다. 산책길에 아이 손에는 언제나 민들레 씨가 들려 있고, 주머니에는 아이 눈에 특별한 돌이 담겨 있다. 자연에 대한 호기심과 자연을 좋아하는 아이의 마음을 오랫동안 지켜주고 싶다. 이런 아이를 정확히 파악하고 있는 남편은 휴일이면 놀이공원보다는 산이나 바다를 찾는다. 준비물은 원터치 텐트와 약간의 먹을거리면 충분하다. 우리는 함께 하루종일 자연에서 논다.

그러다가 아이와 함께 산책이나 캠핑을 할 때 가끔씩 보이는 쓰레기가 부끄럽기도 하고 거슬려서 나부터 쓰레기를 만들지 않기로 마음먹었다. 목마름에 대비해 물은 꼭 싸가지고 다니고, 간식도 이왕이면 집에서 챙겨 간다. 우리가 만든 쓰레기는 꼭 챙겨 오고, 눈에 띄는 쓰레기를 줍기도 한다. 손은 가벼워도, 마음이 무거워져 돌아오는 게 싫어서 아이와 나갈 때 꼭 챙기는 물건들을 준비했다. 환경을 조금이나마 덜 해치려고 일회용품을 안 쓰기 위한 소박한 나의 실천 방법이다.

아이와 소풍 갈 때 챙기는 첫 번째는 물통과 텀블러이다. 우리 부부는 커피를 좋아해서 텀블러에 아이스커피를 가득 채워 간다. 갑자기 커피가 마시고 싶을 때 돈도 아끼고, 플라스틱 쓰레기도 줄일 수 있다. 물론 아이 물통은 따로 챙긴다.

두 번째는 손수건이다. 화장실에 다녀온 후 손을 씻고 닦을 때, 간식을 먹거나 더러운 게 묻었을 때, 물티슈 대신 사용한다. 두세 장 챙기면 충분하다. 쌀쌀해지면 아이 목에도 둘러준다. 방수 주머니를 챙겨 사용한 손수건을 넣고 집으로 돌아와 세탁하면 된다.

세 번째는 실리콘 빨대이다. 아직 빨대가 필요한 아이와 빨대를 좋아하는 나를 위해 실리콘 빨대 두 개는 필수품이다. 달리는 차 안에서 음료를 흘리지 않고 마실 수 있다.

네 번째, 집에서 챙긴 간식이다. 아이와 산책을 하거나 소풍을 가면 당이 떨어질 때가 있다. 그러면 자연스럽게 아이와 편의점에 들어간다. 사이좋게 간식을 하나씩 고르고 나오면 눈 깜짝할 사이에 간식은 없어지고 양손에 쓰레기만 남아 있다. 쓰레기 없이 나가서 쓰레기를 만드는 셈이다. 집에서 아이가 좋아하는 고구마나 계란과 같은 간식을 챙겨 가면,

건강에도 좋고 쓰레기도 줄일 수 있다. 산책을 하다가 지칠 때쯤 아이와 바닥에 털썩 앉아서 도란도란 서로 먹여주며 쉰다. 싸 온 간식을 다 먹고 빈 그릇을 보면 그렇게 뿌듯할 수가 없다. 그리고 집으로 돌아오는 길은 가볍다.

다섯 번째, 포크 두 개는 밖에서 간식을 먹을 때 필수이다.

마지막으로 우리가 먹은 간식 쓰레기를 다시 가져오기 위해 챙기는 비닐봉지이다. 어느 날부터인가 소풍을 간 곳에 쓰레기가 있는 것을 보고 비닐봉지에 주워 오기 시작했다. 매일 실천하는 것도 아니고, 그곳을 완벽하고 깨끗하게 만들지도 못한다. 그래도 쓰레기를 줍는 사소한 행동이 지구에 약간이라도 도움이 되길 바라며, 봉지에 쓰레기를 채워 오고 있다. 우리는 그렇게 플로깅을 실천하고자 노력한다.

'플로깅(plogging)'이란 한마디로 조깅을 하면서 쓰레기를 줍는 행위로, 나를 위해 운동도 하면서 동시에 환경을 보호하는 일석이조의 행동이다. '이삭을 줍는다'는 뜻인 스웨덴어 플로카 움(plocka upp)과 영어 단어 조깅(jogging)의 합성어다. 플로깅은 2016년 스웨덴에서 처음 시작돼 북유럽 중심으로 빠르게 확산됐는데, 단순한 조깅보다 칼로리 소비가 많고 환경도 보호한다는 점에서 큰 호응을 얻고 있다.

플로깅을 시작할 때만 해도 마음먹은 것과 달리, 잠깐 놀이터에 나가거나 갑자기 산책하는 길에 봉지 챙기는 것을 잊어버리는 적이 많았다. 쓰레기가 먼저 눈에 보이고 나서야 '아차, 봉지를 또 안 챙겼네…. 다음엔 꼭 챙겨 와야지' 했다. 잊지 않고 아이와 아파트 산책을 하면서 처음으로 비닐 봉지를 챙긴 날이었다.

"오늘은 잊지 않고 챙겼으니 가득 채워 보자!"

우리는 봉지를 들고 기념사진을 남긴 뒤, 서로 사이좋게 비닐봉지의 손잡이를 한쪽씩 들었다. 아이는 킥보드를 타고, 나는 아이를 따라다니면서 눈에 보이는 쓰레기를 주었다. '아파트 단지에 쓰레기가 뭐 많이 있겠어?'라고 생각했던 나는 금방 차는 봉지를 보며 놀랐다. 가장 많이 나온 쓰레기는 담배꽁초였다. 특히, 아파트 구석진 곳이나 꺼낼 수도 없는 하수구 안에 많이 버려져 있었다. 그리고 쓰레기장 주위에는 버리러 가다가 흘린 건지, 바람에 날아간 건지 모를, 분리수거가 안 된 쓰레기들이 많이 있었다. 내가 쓰레기를 주우니 아이가 그 모습을 보고 호기심이 발동했는지, 킥보드를 세워 두고 함께 줍기 시작했다. 내가 미처 발견하지 못한 쓰레기까지도 아이는 잘 주워 왔다. 더운 날씨 탓인지, 버려진 쓰레기 탓인지, 약한 체력 탓인지…. 나는 우리가 사는 아파트 단지에 이렇게 쓰레기가 많이 버려져 있다는 사실에 점점 화가 났다. 반면, 아이는 마치 보물을 찾는 놀이처럼 "또 찾았다!"라는 큰 외침과 함께 싱글벙글 쓰레기를 봉지에 담았다. 아이를 보고 급히 반성을 했다. 점점 채워지는 봉지를 보며 우리 아파트가 깨끗해지고 있다는 생각으로 이번엔 내가 아이를 따라 쓰레기 보물찾기를 했다. 우리는 꽉 찬 봉지를 가지고 분리수거장에 갔다. 플로깅을 잘했다는 하늘의 선물인지 세상 멀쩡한 미니 토분이 버려져 있었다.

'어머, 이건 주워야 해!'

누군가가 토분에서 키우던 꽃이 죽어서 버린 듯했다. 덕분에 나는 그날도 쓰레기장에서 득템을 했다. 어느 더웠던 여름, 그렇게 여러 가지 보물을 찾고 우리의 첫 동네 플로깅이 끝났다.

먹다 남은 약 버리는 방법

집에 있는 약 상자를 열어보면 언제 어디서 왜 샀는지 자세히 모르는 약이 있다. 용도도 잊고 날짜도 지나서 바르거나 먹기에도 찝찝하다. 약은 쓰는 것만큼 버리는 것도 중요하다고 한다. 폐의약품을 무심코 쓰레기통에 버리거나 변기 안에 넣으면 독이 될 수 있다. 또, 일반 쓰레기와 함께 버리면 남아 있는 성분이 땅, 물 등 자연으로 스며들어 생태계와 우리가 마시는 물까지 오염시킬 수 있다.

폐의약품을 슬기롭게 잘 처리하기 위해서는 약을 모아서 가까운 지역 보건소, 주민센터에 비치된 폐의약품 수거함에 넣거나 약국에 가져다준다. 이때, 약의 종류에 따라 배출 방법이 다르기 때문에 배출 전에 올바른 처리 방법을 확인한다. 처방된 약의 경우 개인 정보가 써 있는 약 봉투는 따로 버리고, 알약은 포장을 분리해서 한곳에 모아 폐의약품 수거함에 배출한다. 액체류는 한 병에 모아 새지 않도록 뚜껑을 닫아 버리며, 가루약이나 캡슐은 포장지와 캡슐을 분리하고 가루만 모아서 배출한다.

플렉스 대신
아나바다

"엄마, 혹시 이거 쓰실래요?"

"응, 나무 접시 꽂이하고 휴지 걸이만 사용할게."

친정엄마가 우리 집에 오기로 한 날이었다. 부랴부랴 주방과 옷방 정리를 했다. 아끼지만 안 쓰는 접시들, '언젠가 필요하겠지' 하고 정리하지 못한 주방용품들과 몇 년을 묵힌 옷들은 중고거래를 하기 전에 우선권을 엄마에게 드린다. 나보다 엄마가 더 잘 써주면 나도 기쁘고 엄마도 좋고, 먼지만 쌓여가던 물건들도 없어지고.

가끔 주방 살림을 친정에서 가져오기도 하지만, 친정엄마가 방문하는 날은 엄마가 우리 집 살림을 득템해 가는 날이다. 주방 살림뿐만 아니라 안 입는 옷, 안 쓰는 화장품도 챙겨놓는다. 어렸을 때부터 엄마랑 함께 입고 써서 그런지 취향도 비슷하다. 가끔은 같은 걸 두 개 살 정도로.

"어때? 괜찮냐?"

날씬해서 내 청바지도 딱 맞는 우리 엄마. 안 신는 겨울 부츠와 잠바 몇 개도 챙겨드렸다.

"언니, 혹시 이거 쓸래요?"

"오, 좋아!"

커피 머신을 사고 친정집에서 가져온 빈티지 컵이 몇 개 있었다. 하지만 커피 머신을 없애면서, 그 컵들은 사용 횟수가 점점 줄었다. 집에서도 텀블러를 자주 사용하다 보니 예쁜 컵들은 관리가 소홀해져 필요 없게 되었다. 아쉬웠지만 나보다 더 잘 사용해주는 새 주인을 만나는 것이 컵에게도 좋을 듯했다. 마침 커피를 좋아하는 아랫집 언니가 생각났다. 언니에게 컵 사진을 찍어 보내니 너무 좋아했다. 며칠 뒤, 컵 덕분에 카페에 온 기분이라며 잘 쓰고 있다는 사진을 보내 왔다. 가끔 우리는 반찬이나 안 입는 옷을 서로 나누고 바꿔서 쓴다. 마음이 맞으면 중간지점인 계단에서 만나 거래를 한 뒤 쿨하게 각자의 집으로 간다.

바로 아랫집 이웃인 언니는 주부 10년 차로 내공이 엄청나다. 살림도 요리도 참 잘한다. 주부 4년 차인 나는 종종 아랫집에 내려가 언니에게 살림 팁과 요리를 배운다. 우리는 세 식구 언니네는 네 식구다. 공통점은 모두 소식가라는 점. 반찬을 많이 한 날이면 종종 바꿔 먹거나 나눠 먹는다. 주부로서 서툰 나는 반찬을 얼마큼 해야 적당한지 잘 몰라 너무 많은 양을 할 때면 억지로 먹거나 버릴 때가 종종 있었다. 하지만 이제는 문제없다. 아랫집 언니와 나눠 먹으면 되니깐. 우리도 모르게 협력해서 반찬 제로 웨이스트 실천을 하고 있는 셈이다. 한여름, 수박이 제철인 계절이 오면 한 통은 너무 많아 한 집씩 번갈아 가면서 수박을 사서 반 통씩 나눈다. 옥수수 한 자루도 반씩 나눠 먹으면 적당하다. 아랫집에 마음 맞는 이웃 언니가 산다는 것은 정말 감사한 일이다.

"찐 옥수수 스무 개에 2만 원이래. 열 개씩 콜?"

"콜이요."

"에어프라이기에 약단밤 했는데 먹어볼래?"

"오, 좋아요. 저는 빵 조금 가져갈게요!"

내가 먼저 제안할 때도 있다.

"언니, 이 옷 입어보실래요?"

"응. 10분 뒤에 거기서 만나."

우리는 종종 '거기'인 계단에서 만나, 그렇게 나눠 쓰고 바꿔 쓰며 제로 웨이스트를 실천하고 있다. 함께 나눌 수 있다는 행복을 느끼며 예전에 유행했다던 아나바다 운동을 생각해 본다.

"언니 우리 꼭 아나바다 운동 하는 것 같아요."

"그러게. 나눠 쓰고 바꿔 쓰고 서로 다시 쓰고."

아나바다는 '아껴 쓰고 나눠 쓰고 바꿔 쓰고 다시 쓰기'의

줄임말로 물자를 절약하자는 의미이다. IMF 사태 이후에 어려워진 경제를 살리기 위해 국민과 관공서가 중심이 되어 물자 절약을 실천하자고 강조했던 캠페인이다.

요즘 환경문제가 크게 대두되고 있다. 특히 쓰레기 문제가 심각하다. 이유 중 하나는 많은 물건을 사고 버리는 것이 아닐까 싶다. 집 앞 쓰레기장만 가도 가끔 쓸 만한 물건들이 많이 버려져 있다. 이렇게 물건을 사면 쓰고 난 뒤, 쓰지 않는 물건들을 버리는 과정에서 쓰레기가 생긴다. 재활용을 하지 않을 경우 쓰레기는 결국 환경오염의 주범이 된다. 특히 택배 포장이나 마트의 이중 포장 등은 많은 쓰레기를 발생시킨다. '물건을 산 건지 포장지를 산 건지….'

과거와 달리 이제 소비행위는 의식주의 문제를 해결하기 위하는 것이 아닌 그 밖의 이유로 소비를 한다.

"플렉스(FLEX) 해버렸지 뭐야!"

부와 귀중품을 과시하며 자랑할 때 쓰는 신조어이다. 과소비를 과감하게 할 때 쓰는 말이라고도 한다. 나 역시 소비를 좋아했다. 단돈 100원이라도 돈 쓰는 일은 왜 이렇게 재밌는지. 이 세상에 예쁜 쓰레기들은 왜 이렇게 많은지. 우리 집 가계를 위해서라는 명목으로 '대폭 할인'이란 말에 왜 그렇게 민감하게 반응했는지 반성한다.

요즘, 독일에서는 청년들이 소비행위를 포기하고 있다고

한다. 환경을 지키기 위해 불편을 감수한다는, 상상하지 못했던 멋진 일에 도전하고 있는 독일 청년들 앞에서 더 부끄러워진다. 완벽히 소비를 포기할 순 없지만, 한 번 더 두 번 더 생각해보고 정말 필요한지, 그 물건을 대체할 물건은 없는지, 가능한 한 오래 사용할 수 있는 물건인지를 생각해보며 소비를 하려고 노력해야겠다. 그리고 가지고 있는 물건을 아껴 쓰고 나눠 쓰고 고쳐 쓰도록 신경 써야 겠다.

항상 생각한다. 우리 아이도 지금 내가 이만큼 누리는 세상을 누릴 수 있도록 지켜주고 싶다고. 그렇다면 조금은 불편하더라도 올바른 소비를 하도록 내가 먼저 노력해야 한다. 우리는 미래 생명에 최소한의 예의와 책임을 져야 하니까.

제로 웨이스트 추천 제품 베스트5

1. 소창 수건: 수건에도 유통기한이 있다. 소창 수건은 얇지만 흡수력이 뛰어나며 잘 마른다. 무형광 무표백의 순면으로 어린아이도 사용할 수 있다. 먼지의 양이 일반 수건보다 적으며 유통기한이 없는 친환경 제품이다.

2. 고체 치약: 알약 형태로 생겨서 입에 넣고 씹다가 거품이 생기면 칫솔질을 한다. 휴대도 간편하고 상쾌함도 있다. 일반 치약에서 나오는 복합재질의 튜브 쓰레기가 나오지 않는다. 고체 치약이 담긴 케이스는 캔류로 재활용할 수 있다.

3. 샴푸 바: 비누 형태의 샴푸다. 종이 포장이라 불필요한 쓰레기 배출량을 줄여 환경을 해하지 않는다. 또한, 천연성분으로 만든 친환경 제품으로 안심하고 사용할 수 있다. 덤으로 비누 망에 넣어 쓰면 거품도 잘 나고, 욕실 향기도 은은해진다.

4. 생분해 치실: 나일론 치실은 석유에서 추출한 물질로 자연상태의 유기물질이 아니다. 그렇기 때문에 썩는 데 3~40년이 걸리는 반면, 옥수수 섬유로 만든 치실은 미생물이 만들어져 자연적이고 분해가 빠르다. 치실 통도 플라스틱이 아닌 유리와 스테인리스로 만

들어졌으며 리필이 가능하다.

5. 다용도 면 주머니: 면 100% 소재로, 장을 볼 때 장바구니 안에 가지고 다니면 비닐팩의 사용을 줄일 수 있다. 무거운 채소나 과일을 살 때도 천이 찢어질 염려가 없고, 종류대로 섞이지 않게 담을 수도 있다. 부피가 가볍고 크기별로 있어서 유용하다.

터진 옷도 다시 한 번

어느 날, 체육관 코치님에게 사진 한 장과 '제로 웨이스트'라는 여섯 글자의 메시지를 받았다. 찢어진 곳에 다시 면을 덧대어 꿰맨 바지와 티셔츠 사진이었다. 이어진 문자에는 다음과 같이 적혀 있었다.

'버리려고 했는데 쓰레기를 줄이려고 다시 꿰매서 입기로 하였습니다. ^^'

몇 달 전부터 집에서 차를 타고 5분 정도 걸리는 체육관에 다니기 시작했다. 그림 같은 논밭을 지나 시골길로 쭉 들어가면 덩굴 사이로 흐릿하게 체육관 간판이 보인다. 그곳은 도시의 헬스장과는 달리 최신식 운동기구나 샤워장이 없다. 하지만 코치님의 지휘 아래 최고의 운동을 할 수 있다. 매주 다른 코스로 진행하는 운동은 힘들어도 즐겁기만 하다. 처음엔 거울도 없는 체육관이라 놀랐다. 거울 하나쯤은 들여야 하는 거 아니냐 하는 말에 코치님은 거울을 보며 하는 것보다 몸 근육의 느낌을 기억하며 운동하라는 조언을 했다. 덕분에 몸에 더 집중하며, '내가 진짜 운동을 하고 있구나'라는 생각이 드는 운동을 했다. 그동안 나는 헬스장을 선택할 때, 얼마나 다양한 운동기구들이 있는지, 샤워 시설은 좋은지, 러닝머신에 TV가 달려 있는지를 먼저 살폈다. 물론 지금 다니는 체육관은 그에 부합하는 게 하나도 없다. 특별한 운동기구나 불필요한 시설 없이 탄소발자국을 안 남기는 '제로 웨이스트 체육관'이다. 오히려 그래서 진정한 운동은 장비발이 아닌 '스스로의 의지로 하는 것'이라는 걸 느낀다.

"자신에게 맞는 케틀벨 하나랑 덤벨 두 개 가져오세요."

캐틀벨과 덤벨만 있으면 본격적인 운동이 시작된다. '으쌰 으쌰' 하며 함께 고통(?)을 나누는 유쾌한 회원들이 곁에 있어서 운동 효과가 어느 신식 헬스장보다 뛰어난 것 같다. 체육관 뒤에서 회원들과 직접 일구는 텃밭도 자급자족 제로 웨이스트 생활에 한몫한다.

"회원님들, 텃밭에서 필요하신 거 마음껏 따 가세요.", "토마토가 참 달아요.", "밤 주워 가세요. 뱀은 조심하시구요!", "표고버섯 좀 가져가실래요?"

회원들에게 텃밭 인심을 베푸는 코치님은 가끔 대파, 토마토, 상추, 호박 등 제철 채소들을 듬뿍 싸준다. 덕분에 지난해 여름 채소 구입비가 많이 줄었다. 회원들과 탄소발자국을 안 남기는 운동을 하고, 자급자족 텃밭에서 채소도 키워 먹으며 즐겁게 지내는 작은 체육관. 너무 매력적이다. 그곳에 다니고 있는 게 참 행운이라고 생각한다.

그 코치님은 나의 제로 웨이스트 생활과 미니멀 라이프를 항상 응원하며, SNS에 사진을 올리거나 브런치에 글을 올리면 나의 선한 영향력을 잘 받고 있다는 최고의 피드백을 전한다. 하지만 내가 보기엔 이미 나보다 더 제로 웨이스트 생활을 잘 실천하는 사람이다.

"귀선 회원님 글 잘 읽었어요. '중고거래는 제로 웨이스트다'라는 말 멋지네요. 저도 중고거래는 자주 하지만 이런 생각은 못 했었는데, 중고거래를 하면서 쓰레기를 줄인다, 정말 좋은 생각입니다."

어느 날, 브런치에 글을 올렸더니 몇 분 후 코치님께 전화가 왔다. 그리고 곧 이런 말을 했다.

"제가 얼마 전에 말입니다…."

코치님은 오래된 선풍기가 고장이 나서 버리고 다시 살까 하다가 쓰레기가 될 거라는 생각에 선풍기를 고치려고 수리 센터를 찾았다고 했다. 수리하는 분이 "선풍기가 너무 오래되었다, 요즘 같은 세상에 새로 안 사고 고치러 가져오는 사람은 없는데, 참 대단하시네."라며 고쳐주었다고 했다. 코치님은 체육관에 새로운 운동기구를 들일 때도 몇십 년 뒤라도 생길 쓰레기를 생각해서 중고로 알아보거나 들이는 일을 포기한다고 했다.

앞서 코치님이 보낸 사진은 암벽 등반을 하다가 미끄러지면서 바위에 찢긴 옷이었다. 떨어진 높이에 비해 다행히도 다친 곳은 별로 없었다. 그리고 당연히 버릴 줄 알았던 옷들은 천으로 덧대어 꿰맨 것이다. 나는 찢어지거나 헤지거나 구멍이 난 옷들을 처리할 때, 최선의 방법으로 걸레로 쓸 생각만 했지 다시 꿰매서 입을 생각은 한 번도 해본 적이 없다. 알뜰살뜰하게 꿰매진 옷들이나 오래된 선풍기를 고쳐 쓰는 것을 보면, 코치님이 내게 받는다는 그 '선한 영향력'은 사실 내가 받고 있는 것 같다.

나는 또 한 명의 제로 웨이스터를 만났다.

라면이 환경 파괴를?

값도 싸고 맛도 좋아 많은 사람들이 좋아하는 라면! 라면을 환경 파괴 음식으로 만드는 것은 바로 그 속에 들어가는 팜유 때문이다. 팜유는 기름야자 열매를 짜내어 추출한 식물성 기름이다. 이는 상온에서 고체 형태를 유지하는 특성과 저렴한 가격 때문에 과자, 빵, 라면, 화장품, 샴푸, 비누 등 여러 일상생활 용품에 쓰인다.

팜유가 환경오염을 시키는 이유는 팜유를 재배할 때 가장 쉬운 방법으로 불법 화전농법을 사용하기 때문이다. 이로 인해 엄청난 양의 온실가스 배출과 스모그가 발생된다. 또 팜유 생산량을 늘리기 위해 열대우림을 파괴하는데, 그 과정에서 수많은 동식물들이 멸종 위기에 처했다고 한다. 기름야자를 키우기 위해 사용하는 제초제와 살충제로 인한 토양과 수질오염이 심각하여 원주민들은 먹을 물조차 구하기 어렵다고도 한다. 뿐만 아니라 팜유의 포화지방은 동물성 기름과 비슷해서 고지혈증이나 대사증후군 등이 있는 사람이라면 특히 피해야 한다.

환경오염의 주범인 팜유로부터 환경을 보호하고 우리의 건강을 지키기 위해 지금부터라도 팜유 사용을 줄여보는 건 어떨까?

인생은 공수래공수거, 미니멀 라이프 그 후

"뭐 가지고 싶어?"

"음… 지금은 딱히 가지고 싶은 게 없네."

일 년에 몇 번씩 기념일이 찾아온다. 매년 초 돌아오는 생일을 챙기고 나면 화이트데이, 밸런타인데이, 로즈데이 등이 이어진다. 결혼기념일까지 챙기면 열 손가락이 모자랄 정도로. 그렇다. 나는 기념일은 꼭 챙기는 사람이었다. 화이트데이나 빼빼로데이는 사탕 하나 막대과자 하나라도 꼭 받아야 넘어갔다. 상술이라고 생각하는 남편과 달리 나는 작은 물건 하나에 사랑을 확인하는 사람이었다. 이렇듯 우리의 모든 기념일은 특별한 날이고 선물 없이 지나가는 일은 상상할 수 없었다.

딱히 필요한 것과 가지고 싶은 것이 없어도 선물을 주고받고 싶었다. 선물은 마음이고 정성이라고 생각했으니까.

미니멀 라이프 이후, 이제 우리는 기념일에 맞추어 선물을 준비하지 않는다(기념일 즈음 함께 필요한 것이 있다면 의논해서 사기는 한다). 함께 맛있는 저녁을 먹는 것으로 충분하다. 매년 매달 기념일이 다가올수록 '뭐 가지고 싶어' 하는 질문이 점점 줄고 있다. 의무적으로 선물하기 위해 고민하는 시간도 없어졌다.

"혹시 필요한 거 있어?" 요즘에도 기념일 전에 예의상 한 번쯤은 물어본다. "음… 딱히?" 예의상 고민 한 번 하는 척하고 대답한다.

지금, 내 취향의 물건들만 남아 있는 집이 참 좋다. 쌓아두던 물건들보다 여백의 미가 돋보이는 공간이 좋다. 그 공간은 항상 청결하게 유지되고 단정함을 느끼게 해준다. 더 이상 예쁘고 갖고 싶다는 이유로 물건들을 사들이지 않는다.

화장실의 대나무 칫솔은 바라만 보아도 기분이 좋아진다. 주방 한편에서 삶고 있는 소창행주는 마음까지 따뜻하게 해준다. 필요한 것들로만 남겨진 살림은 더 효율적이고 간결해졌다. 시간에 쫓겨 집안일을 했던 날들이 가고 아이와 함께 할 수 있는 여유가 찾아왔다. 스트레스를 충동구매로 푸는 일도 줄었다. 미니멀 라이프는 내 삶의 많은 부분을 변화시켰다.

'공수래공수거'

요즘 가장 좋아하는 말이다. 빈손으로 왔다가 빈손으로 간다는 뜻으로 미니멀 라이프를 실천하는 나의 마음에 쏙 드는 말이다. '지나치게 탐하지 말고 본래의 마음을 찾으라' 인생에서 혹은 집에서 불필요한 물건을 줄이고 필요한 것들만 지니며 살고 싶은 나에게 큰 힘을 준다.

또 한 가지 변화는 쓰레기가 많이 줄었다는 것이다. 불필요한 것을 줄이고 소비 욕구를 잠재우니 쓰레기가 생기지 않는다. 그동안 나로 인해 얼마나 많은 쓰레기가 지구를 아프게 하고 힘들게 했는지 생각하면 미안한 마음뿐이지만 지금이라도 줄일 수 있어서 다행이다. 포장 음식을 먹을 때는 용기를 가져가고 즐겨 마시는 커피는 언제나 텀블러에 담아 오며 아이 간식은 집에서 챙겨 나가기 위해 노력한다. '나 하나쯤이야'라는 생각은 '나 한 명이라도'라는 생각으로 바뀌었고 함께 실천하는 이들이 있기에 외롭지도 두렵지도 않다. 조금은 불편하고 약간은 귀찮은 게 사실이다. 하지만 미래에 살 아이들을 생각하면 조금 귀찮더라도 괜찮다.

백지장도 맞들면 낫다는 말처럼 함께 하면 지구를 지키는 일은 생각보다 쉬운 일이 된다. 한 명이 완벽하게 줄이는 것보다 한 사람 한 사람이 조금씩 줄여나가는 쓰레기가 지구에 훨씬 무해한 일이 될 것이다. 세상에서 귀찮은 일을 가장 싫어하던 나도 조금씩 바뀌고 있다. 조금씩 조금씩 우리가 함께 노력하면 지구와의 지속 가능한 삶은 문제 없을 것이라고 말하고 싶다.

선생님이 되기 위해 준비하다가 결혼과 함께 그 꿈을 접고, 아이가 잠든 후 매일 밤, 두 번째 꿈을 위해 브런치에 글을 쓰기 시작했다. 그 글을 발굴하고, 처음이라 많이 어려워하던 내게 적극적인 조언과 꼼꼼한 피드백을 아끼지 않은 박정은 편집팀장님께 감사 인사를 전한다. 책이 나오기 전까지 가까이에서 기대와 좋은 아이디어를 내준 가족들, 이웃 언니들, 구독자들의 응원 덕분에 큰 힘을 얻었다. 원고를 수정하는 동안 함께 밤을 새우며 도와주신 엄마 아빠께도 감사하다. 마지막으로 무엇보다도 내가 미니멀 라이프와 제로 웨이스트를 실천할 수 있도록 따라와 주고 도와준 남편과 아들 승현이에게 가장 고맙다. 앞으로도 함께 하자.

귀선과 함께하는 미션 파서블 '미니멀 라이프'

> ※ 이런 마음이라면 함께 도전해보자
>
> · 간결한 공간에서 살고 싶다.
>
> · 어떻게 시작해야 할지 모르겠다.
>
> · 무엇을 먼저 비워야 할지 모르겠다.
>
> · 일단 뭐라도 시작하고 싶다.

	미니멀 라이프 미션	비움 개수
월	필요 없는 종이 버리기: 서랍 속에서 굴러다니는 오래된 영수증과 제품 사용설명서를 비운다.	
화	화장대 정리하기: 화장품의 유효기간을 확인하고, 안 쓰는 화장품이나 샘플을 치운다.	
수	냉장고 지도 만들기: 유효기간이 지난 식품이나 사용하지 않는 소스 등을 정리하고 냉장고 식품 목록을 만든다. 냉장고 파먹기를 한다.	
목	휴대폰 정리하기: 사용하지 않는 애플리케이션, 필요 없는 사진과 연락처를 정리한다.	앱: 사진: 연락처:

금	추억의 물건 비우기: 추억이 담긴 옷, 소품, 편지 등을 사진으로 남기고 정리한다.	
토	옷장 정리하기: 2년 이상 입지 않은 옷, 낡은 옷, 더 이상 설레지 않은 옷을 없앤다.	
일	구급상자 비우기: 집에 있는 상비약의 유통기한을 확인하고 날짜가 지났거나 더 이상 필요 없는 약을 버린다.	
<u>스스로</u> <u>정하는</u> 미션	"알맞은 정도라면 소유는 인간을 자유롭게 한다. 도를 넘어서면 소유가 주인이 되고 소유하는 자가 노예가 된다."_프리드리히 니체	

귀선과 함께하는 미션 파서블 '제로 웨이스트'

※ 이런 마음이라면 함께 도전해보자
· 미래의 우리 자손이 걱정된다.
· 세상에 조금이라도 무해하게 살고 싶다.
· 아름다운 지구와 오랫동안 공생하며 지내고 싶다.
· 일단 뭐라도 시작하고 싶다.

	제로 웨이스트 미션	성공 날짜
1주	초보: 나만의 텀블러 챙기기 고수: 빨대와 영수증 거절하기	
2주	초보: 일주일에 한 끼 채식 식단 도전하기 고수: 하루에 한 끼 채식 식단 도전하기	
3주	초보: 재활용제품 깨끗하게 씻어서 배출하기 고수: 플로깅 실천하기	
4주	초보: 새 물건 사기 전에 중고거래 알아보기 고수: 사은품 등 필요 없는 물건 거절하기	

5주	초보: 마트 갈 때 장바구니 챙기기 고수: 과대 포장 없는 재래시장에서 장보기	
6주	초보: 배달음식 시킬 때 일회용품 빼달라고 하기 고수: 음식 주문할 때 용기 가져가기	
7주	초보: 일회용품 대신 다회용품 사용하기 고수: 물티슈 대신 손수건 챙기기	
<u>스스로</u> 정하는 미션	"신중한 소비로 지구를 행복하게"	

우리 집 비움지도 그리기 1 (128쪽 가지치기 방법 참조)

· 가지치기 방법을 통해 정리할 공간별 영역을 구체화한다.

· 날짜별로 세분화한 공간을 정리하며 체크한다.

· 더 이상 가지 친 공간이 없으면 성공!

우리집

우리 집 비움지도 그리기 2 (129쪽 세분화하기 방법 참조)

> · 세분화하기 방법을 통해 공간별 영역을 구체화한다.
> · 비울 물건을 나눔용, 판매용 등으로 선별한다.
> · 날짜별로 공간과 물건을 비우며 체크한다.
> · 더 이상 비울 물건이 없으면 성공!

맥시멀 라이프가 싫어서

초판 1쇄 발행 2021년 4월 22일
2쇄 발행 2021년 8월 16일

지은이 신귀선
펴낸이 강수걸
편집장 권경옥
기획 이수현
편집 강나래 김리연 신지은 윤소희
디자인 권문경 조은비
경영지원 공여진
펴낸곳 산지니
등록 2005년 2월 7일 제333-3370000251002005000001호
주소 부산시 해운대구 수영강변대로 140 BCC 613호
전화 051-504-7070 | 팩스 051-507-7543
홈페이지 www.sanzinibook.com
전자우편 sanzini@sanzinibook.com
블로그 http://sanzinibook.tistory.com

ISBN 978-89-6545-716-9 03810

모바일만 들고 떠나는 중국 남방도시 여행 이중희 지음

홍콩 산책 류영하 지음 *2019 한국문화예술위원회 문학나눔 선정도서

우리들은 없어지지 않았어 이병철 에세이 *2019 한국문화예술위원회 문학나눔 선정도서

부산 탐식 프로젝트 최원준 지음

그날이 올 때까지 김춘복 에세이 *2018 한국문화예술위원회 문학나눔 선정도서

다독이는 시간 김나현 에세이 *2019 문정 수필문학상 수상도서

시인의 공책 구모룡 에세이 *2018 한국문화예술위원회 문학나눔 선정도서

동네 헌책방에서 이반 일리치를 읽다 윤성근 지음 *2018 한국문화예술위원회 문학나눔 선정도서

습지 그림일기 박은경 글·그림 *2018 대한출판문화협회 청소년교양도서

이렇게 웃고 살아도 되나 조혜원 지음 *2018 한국문화예술위원회 문학나눔 선정도서 *2020 환경부 우수환경도서

을숙도, 갈대숲을 거닐다 이상섭 에세이 *2018 한국문화예술위원회 문학나눔 선정도서

촌놈 되기: 신진 시인의 30년 귀촌 생활 비록 신진 산문집

지리산둘레길 그림편지 이호신 그림 | 이상윤 글

산골에서 혁명을 박호연 에세이 *2018 한국문화예술위원회 문학나눔 선정도서

The Wonderful Story Club 박신지 지음

구텐탁, 동백 아가씨 정우련 에세이

500파운드와 자기만의 방 정문숙 지음

이니스프리, 그 이루지 못한 꿈 김완희 지음

지리산 아! 사람아 윤주옥 지음

삐딱한 책읽기 안건모 지음 *2017 세종도서 우수교양도서

초월명상과 기 수련 김노환 지음

지역에서 행복하게 출판하기 강수걸 외 지음 *2015 출판문화산업진흥원 우수출판콘텐츠 선정도서

귀농 참 좋다 장병윤 지음

그 사람의 풍경 화가 김춘자 산문집 *2017 세종도서 문학나눔 선정도서

기차가 걸린 풍경 나여경 여행산문집 *2013 문화예술위원회 우수문학도서

길 위에서 부산을 보다 부산 스토리텔링북 | 임회숙 지음

감천문화마을 산책 임회숙 지음

이야기를 걷다 조갑상 지음 *2006 문화예술위원회 우수문학도서

불가능한 대화들 염승숙 외 18인 지음 *2011 문화체육관광부 우수교양도서

불가능한 대화들 2 정유정 외 15인 지음

문학을 탐하다 최학림 지음 *2013 부산문화재단 우수도서

모녀 5세대 이기숙 지음 *2015 한국출판문화산업진흥원 청소년 권장도서

나는 나 가네코 후미코 옥중 수기 | 가네코 후미코 지음 | 조정민 옮김

짬짜미, 공모, 사바사바 최문정 지음

동백꽃, 붉고 시린 눈물 최영철 산문집 *2008 문화예술위원회 우수문학도서

의술은 국경을 넘어 나카무라 테츠 지음 | 아시아평화인권연대 옮김

북양어장 가는 길 미시적 사건으로서의 1986~1990년 북태평양어장 | 최희철 지음

히말라야는 나이를 묻지 않는다 이상배 지음

지하철을 탄 개미 김곰치 르포산문집 *2011 한국도서관협회 우수문학도서

나의 아버지 박판수 안재성 지음

신불산 빨치산 구연철 생애사 | 안재성 글 · 구연철 구술

유쾌한 소통 박태성 지음

늙은 소년의 아코디언 김열규 산문집 *2012 한국도서관협회 우수문학도서